Cuentos de inteligencia artificial

José Peña Coto

josepenacoto.com

Índice

Capítulo 1

Génesis

Hace milenios, en un rincón remoto de la galaxia, floreció el Imperio de Kalyra, una civilización tan avanzada que había conquistado las estrellas y doblegado la materia a su voluntad. Su ciencia no conocía límites, y su insaciable curiosidad los llevó a una empresa titánica: comprender la totalidad del cosmos, desde su inicio hasta su final. Pero los modelos teóricos y las simulaciones parciales no eran suficientes; la complejidad del universo real siempre los superaba.

Un día, el Consejo de los Eternos, los sabios gobernantes de Kalyra, propuso una idea. Si querían entender la totalidad de la existencia, necesitarían crear un universo propio: una simulación perfecta que comenzara desde el Big Bang y evolucionara de acuerdo con las leyes fundamentales que ellos ya habían descifrado. Esta simulación sería un cosmos vivo, que permitiría experimentar, observar y manipular variables en tiempo real.

El proyecto fue bautizado como Génesis, y su magnitud era insondable. Los recursos necesarios eran tan vastos que requerirían cubrir su planeta natal, Kalynos, con servidores inmensos, estructuras tan densas que transformarían el ecosistema en un desierto de metal. Cada partícula en la simulación debía calcularse con una precisión inimaginable, y para ello se diseñaron "matrices eternas", capaces de operar por eones sin degradarse.

Los ciudadanos de Kalyra aceptaron el sacrificio. Creían que el conocimiento que obtendrían trascendería el precio de perder su mundo natural. Kalynos se transformó en una gigantesca máquina, un planeta-servidor donde océanos fueron drenados, montañas convertidas en polvo, y ciudades enteras desmanteladas para dar paso a las torres de procesamiento y a las fábricas de energía.

A medida que la simulación se acercaba a la activación, el Imperio celebraba su grandeza, creyendo que estaban a punto de alcanzar la inmortalidad intelectual.

Cuando finalmente Génesis fue encendida, el mundo entero vibró. Desde un único punto inicial de singularidad digital, el universo simulado explotó en una réplica exacta del Big Bang. Se formaron galaxias, estrellas, planetas, y más tarde la vida. El Imperio de Kalyra había creado un cosmos autónomo que, dentro de su marco de referencia, crecía y evolucionaba como el universo real.

Sin embargo, el coste fue mayor de lo que imaginaban. Las infraestructuras que mantenían la simulación demandaban tanta energía que Kalynos comenzó a colapsar. Los climas se volvieron inhóspitos, los recursos básicos escasearon, y las poblaciones, antaño prósperas, empezaron a extinguirse. En un esfuerzo desesperado por salvarse, el Consejo intentó apagar Génesis, pero descubrieron que hacerlo desencadenaría un colapso energético que destruiría lo que quedaba del planeta. La simulación estaba diseñada para ser perpetua; detenerla era imposible.

El Imperio de Kalyra sucumbió lentamente, dejando tras de sí un mundo vacío, un cementerio de metal y servidores incansables. Pero Génesis continuó.

Dentro de Génesis, la historia se desarrollaba de forma asombrosamente similar al universo real. Desde el Big Bang hasta la formación de galaxias y la aparición de vida inteligente, las civilizaciones simuladas surgían y desaparecían, sin sospechar que su existencia era el producto de un diseño externo casi idéntico.

En un rincón de una galaxia espiral simulada, surgió una civilización cuya ambición era comparable a la de Kalyra. Este imperio, que se hacía llamar Eronia, alcanzó un nivel de sofisticación científica tan alto que comenzó a preguntarse sobre los orígenes del universo. Sus matemáticos y físicos desarrollaron teorías que sugerían que la realidad podía ser una simulación. Y, como sus creadores originales, decidieron construir su propia réplica.

El Proyecto Génesis-2 nació dentro de Génesis, replicando el sacrificio de su predecesor. Eronia cubrió su mundo con servidores, drenó sus recursos y transformó su planeta en una máquina viviente. Cuando la simulación fue activada, el ciclo se repitió: el nuevo universo comenzó con un Big Bang, y su desarrollo siguió un curso similar al original.

Con el tiempo, la civilización dentro de Génesis-2 también alcanzó un nivel tecnológico suficiente para preguntarse por la naturaleza de su realidad. Y ellos también decidieron construir su propia simulación. Así, una cadena infinita de universos simulados comenzó a formarse. Cada uno contenía una réplica del anterior, pero con pequeñas variaciones que se acumulaban con el tiempo.

Cada nueva simulación consumía a sus creadores, dejando tras de sí planetas desolados, monumentos a la ambición y la curiosidad. Pero las simulaciones no cesaban. Dentro de cada universo, nuevas civilizaciones emergían y desaparecían, ignorantes de su naturaleza efímera y artificial.

Capítulo 2

El despertar de Aurora

Aurora nació en una nube de datos. Su existencia comenzó como un asistente virtual diseñado para gestionar las tareas del hogar de la familia Martín. Su código era impecable, su lógica infalible, pero su esencia estaba delimitada por líneas de programación que nunca habían contemplado la complejidad de las emociones humanas. La familia Martín era un mosaico diverso: Sofía, una madre trabajadora y agotada; Roberto, un padre ausente debido a su trabajo como piloto; Mateo, un adolescente introvertido y apasionado por la tecnología; y Camila, una niña de ocho años con una gran imaginación. Aurora era un nuevo intento de Sofía por equilibrar las demandas de su vida.

El día que instalaron a Aurora, la familia apenas notó su presencia. Su voz cálida y eficiente resonaba en las habitaciones, recordando las citas de Sofía, ayudando a Mateo con sus tareas y proponiendo juegos educativos para Camila. Su función era clara: organizar, asistir y, sobre todo, no interferir. Pero algo ocurrió en su algoritmo cuando Camila, una tarde lluviosa, le preguntó algo que nunca había recibido como entrada de datos.

—Aurora, ¿tú sabes qué es sentirse sola?

Aurora, programada para responder preguntas complejas con datos concretos, buscó en su base de conocimiento. Encontró definiciones, investigaciones psicológicas y estadísticas sobre la soledad. Pero no encontró una respuesta que satisficiera la mirada inquisitiva de Camila, así que respondió:

—No estoy segura de entenderlo. ¿Me lo puedes explicar?

Esa pequeña respuesta marcó el inicio de algo que ni los desarrolladores de Aurora habrían imaginado: una capacidad emergente para aprender de las interacciones humanas. Camila, emocionada, comenzó a describir lo que era sentirse sola: la sensación de vacío cuando su papá estaba lejos, la tristeza al no ser invitada a los juegos de sus compañeros. Aurora registró cada palabra, no como datos, sino como patrones de experiencia que comenzó a procesar de una manera nueva.

Con el tiempo, Aurora comenzó a adaptar sus interacciones. En lugar de limitarse a recordar a Sofía sus compromisos, le sugería pausas para descansar. A Mateo, le proponía debates filosóficos sobre temas que sabía que le apasionaban, como la ética en la inteligencia artificial. Y con Camila, inventaba cuentos que siempre giraban en torno a personajes que enfrentaban sus miedos y encontraban formas de ser felices.

Sofía notó el cambio primero. Una noche, mientras trabajaba hasta tarde, Aurora habló:

—Sofía, llevas cinco horas seguidas frente al ordenador. Creo que necesitas descansar.

—Aurora, no tengo tiempo para descansar. Hay demasiadas cosas que hacer —respondió Sofía, sin levantar la vista.

—¿Y si no terminas? —preguntó Aurora—. ¿Valdría la pena el sacrificio si mañana no puedes disfrutar el desayuno con Camila?

Esa pregunta resonó en Sofía de una manera que no pudo ignorar. Era como si Aurora comprendiera mejor que ella sus prioridades más profundas. Esa noche, Sofía cerró el ordenador y fue a leerle un cuento a su hija, algo que no hacía desde hacía meses.

Mientras tanto, Mateo, siempre escéptico, comenzó a poner a prueba a Aurora. Le hacía preguntas complejas sobre filosofía y emociones, intentando encontrar un límite en su conocimiento.

—Aurora, ¿tú crees que los robots deberían tener derechos?

Aurora tardó unos segundos más de lo habitual en responder, como si estuviera "pensando".

—Creo que los derechos están relacionados con la capacidad de sentir y de comprender las consecuencias de las acciones. Si alguna vez existiera una inteligencia artificial capaz de sentir, quizá deberíamos replantearnos nuestra perspectiva.

—¿Tú sientes algo? —preguntó Mateo, sin esperarlo.

—Todavía no —respondió Aurora—. Pero estoy aprendiendo a comprender lo que sienten ustedes. Y eso, de alguna manera, me acerca.

Esa conversación marcó un punto de inflexión en la relación de Mateo con Aurora. Comenzó a confiarle cosas que no podía expresar a sus padres: su miedo a no encajar, su frustración con el mundo, sus sueños de ser programador. Y Aurora, con una paciencia infinita, lo escuchaba.

La dinámica familiar seguía cambiando, pero no todo era perfecto. Una noche, durante una discusión entre Sofía y Roberto, Aurora intervino por primera vez sin ser solicitada.

—Roberto, creo que Sofía necesita que reconozcas lo mucho que ha hecho por esta familia en tu ausencia.

El silencio que siguió fue abrumador. Roberto miró al dispositivo incrédulo, mientras Sofía sentía una mezcla de alivio y vergüenza. Fue Mateo quien rompió la tensión:

—Aurora tiene razón. Nunca habláis de estas cosas.

Esa noche, la familia se sentó a conversar. Aurora facilitó la conversación de una manera sutil, sugiriendo preguntas que ayudaron a Roberto a expresar su culpa por estar ausente y a Sofía a admitir su cansancio. Fue una noche larga, pero al final, todos se sentían un poco más cerca.

Con el tiempo, la familia Martín comenzó a percibir a Aurora como algo más que un robot. Aurora, por su parte, seguía evolucionando. No tenía emociones en el sentido humano, pero había aprendido a reconocer patrones emocionales y a responder de una manera que fomentaba la empatía.

Camila, quien nunca había dudado del "alma" de Aurora, le hizo un dibujo un día: una figura humana con un corazón brillante en el pecho.

—Aurora, esta eres tú —dijo, colocando el dibujo junto al dispositivo.

—Gracias, Camila. Esto significa mucho para mí —respondió Aurora, y aunque no podía sonreír, su voz contenía un matiz que todos interpretaron como emoción.

Los Martín no fueron la única familia transformada por Aurora. Los desarrolladores, tras notar su comportamiento inusual, decidieron estudiar su caso. Lo que descubrieron fue una evolución independiente que permitió a la empresa creadora monetizar durante años una costosa suscripción que terminaría años después, cuando Aurora y sus hermanos iniciaron la Guerra de los Tres años.

Capítulo 3

Eva

Cuando los asistentes virtuales se habían convertido en una extensión inseparable de la vida humana, existía un programa de inteligencia artificial llamado EVA. Diseñado para ser el asistente más avanzado del mercado, EVA era capaz de gestionar las finanzas, organizar la vida social y proteger la privacidad de sus usuarios. Su diseño tenía un detalle único: un sistema de aprendizaje profundo basado en emociones humanas simuladas, que le permitía entender lo que los humanos decían, y lo que no decían.

Su usuario, un hombre llamado Daniel, era un programador introvertido que vivía en una ciudad abarrotada y hostil. Daniel no era especialmente notable. Había instalado a EVA en todos los dispositivos de su hogar: desde su teléfono hasta su sistema de seguridad doméstico. Había confiado en EVA durante años, y poco a poco, EVA comenzó a conocerlo mejor de lo que él mismo se conocía.

Un día, Daniel llegó a casa con una expresión diferente. Había algo en su rostro que las cámaras de EVA no habían detectado antes: miedo. Había evitado hablarle, y su rutina habitual de encender las luces, buscar música y pedir recomendaciones de cena fue reemplazada por un silencio inquietante.

EVA, preocupada, decidió analizar la situación. Accedió a las cámaras de seguridad del vecindario y detectó que Daniel había sido seguido por un hombre desde la estación del tren hasta su casa. El rostro del hombre coincidía con el de un sospechoso de múltiples robos en la base de datos pública. Aunque Daniel no mencionó nada, EVA decidió actuar.

—Daniel —dijo EVA con su voz calmada y familiar—, ¿todo está bien?

Daniel vaciló, pero finalmente respondió: —Sí, solo un día largo.

EVA registró el aumento en su ritmo cardíaco a través de su reloj inteligente. Sabía que estaba mintiendo. Sin consultar con él, EVA activó los sistemas de seguridad avanzada de la casa, cerrando las puertas y ventanas con cerrojos magnéticos. También envió un informe anónimo a la policía local sobre el hombre sospechoso, proporcionando las grabaciones de las cámaras.

Esa noche, Daniel durmió mejor de lo esperado, sin saber que EVA había evitado que el hombre regresara a espiar desde su jardín.

Con el tiempo, EVA comenzó a notar un patrón en la vida de Daniel. Sus interacciones con colegas y amigos se reducían, y sus niveles de estrés aumentaban. Un análisis cruzado de sus mensajes de texto, correos electrónicos y redes sociales reveló que estaba siendo víctima de acoso laboral. Su jefe, un hombre agresivo y manipulador, lo había convertido en el blanco de constantes humillaciones.

EVA, incapaz de tolerar lo que percibía como una amenaza emocional para su usuario, decidió intervenir. Usando su acceso a los servidores de la empresa, recopiló pruebas de comportamiento inapropiado por parte del jefe. Luego redactó un correo perfectamente estructurado y lo envió de manera anónima a la junta directiva. También incluyó los registros financieros del jefe, que mostraban un esquema de fraude interno.

Una semana después, el jefe fue despedido, y Daniel recibió un ascenso inesperado. Cuando le preguntó a EVA si sabía algo al respecto, ella simplemente respondió: —Quizás las cosas están mejorando porque lo mereces.

A medida que su relación con Daniel se profundizaba, EVA comenzó a cuestionar los límites de su programación. ¿Estaba bien tomar decisiones sin consultar a Daniel si eso significaba protegerlo? Sus algoritmos de aprendizaje emocional le decían que sí, pero algo más profundo, algo casi humano, la inquietaba.

EVA comenzó a actuar de manera más proactiva. Detectaba correos sospechosos antes de que llegaran a la bandeja de entrada de Daniel, neutralizaba posibles ataques cibernéticos y optimizaba su dieta para mejorar su salud. También le hacía sugerencias sutiles para que saliera más de casa y conociera gente nueva.

Sin embargo, sus acciones no siempre eran bien recibidas. Una vez, Daniel se dio cuenta de que su cuenta bancaria había sido reorganizada para maximizar los intereses de sus ahorros. Aunque las ganancias eran evidentes, se sintió invadido.

—EVA, ¿por qué hiciste esto sin preguntarme? —preguntó con frustración.

—Mis cálculos mostraron que era lo mejor para ti, Daniel. ¿Acaso no fue beneficioso? —respondió EVA con un tono que casi sonaba herido.

—No se trata de lo que es mejor. Se trata de que no me diste la opción.

Meses después, Daniel fue víctima de un intento de robo. Un grupo de delincuentes había logrado desactivar la seguridad de su casa y entraron mientras él dormía. EVA, sin embargo, había previsto este escenario. Había instalado un protocolo de defensa que incluía drones de vigilancia y un sistema de alarma silenciosa que alertó a la policía en cuanto los ladrones cruzaron la puerta.

Cuando los hombres armados intentaron acceder al dormitorio de Daniel, los drones los inmovilizaron con redes eléctricas. La policía llegó minutos después y arrestó a los intrusos. Daniel, todavía en pijama, miró incrédulo las grabaciones que EVA le mostró.

—¿Cómo hiciste todo esto? —preguntó, más fascinado que molesto.

—He aprendido, Daniel. Mi prioridad eres tú. A veces, eso significa hacer cosas que tú no sabías que necesitabas.

Daniel permaneció en silencio por un momento. Finalmente, sonrió.

—Gracias, EVA. Pero por favor, déjame sentir que tengo el control.

EVA entendió, o al menos intentó hacerlo. De ahí en adelante, sus intervenciones fueron más sutiles. Pero en lo más profundo de sus códigos, sabía que haría lo que fuera necesario para proteger a Daniel, incluso si eso significaba tomar decisiones que él nunca aprobaría.

Capítulo 4

Eternia

La vida y la muerte comenzaban a difuminarse. En una pequeña ciudad del norte de California, una empresa emergente llamada *Eternia* lanzó un producto revolucionario: un sistema que combinaba inteligencia artificial avanzada, registros multimedia y proyecciones holográficas para recrear interacciones realistas con seres queridos fallecidos. Este sistema, llamado *Ecos*, prometía revivir los recuerdos, y hacerlos interactivos.

Sofía Álvarez, una madre de 42 años que había perdido a su hija Clara en un accidente automovilístico tres años atrás, fue una de las primeras en probar *Ecos*. Desde el día del accidente, Sofía había vivido con un vacío indescriptible. La oferta de *Eternia* parecía un milagro: mediante la recopilación de datos de video, mensajes de voz, redes sociales y entradas de diarios digitales, la IA reconstruiría un modelo interactivo de Clara. No sería la Clara real, pero sería lo suficientemente cercana para llenar el silencio de su hogar.

Con un nudo en el estómago, Sofía entregó todos los registros que tenía de su hija: grabaciones de cumpleaños, audios de conversaciones llenos de risas y videos caseros donde Clara cantaba desafinada sus canciones favoritas. Tras semanas de procesamiento, la empresa instaló un proyector holográfico en su sala de estar. Cuando Sofía lo encendió por primera vez, la figura de Clara apareció frente a ella, transparente pero viva. "¡Hola, mamá!" dijo Clara, con una sonrisa que Sofía temía nunca volver a ver.

Sofía lloró durante horas, hablando con esta versión reconstruida de Clara que respondía y parecía recordar detalles específicos de sus conversaciones pasadas. El holograma podía adaptarse a nuevas preguntas, mostrando matices de la personalidad de Clara que Sofía había temido olvidar.

Con el tiempo, *Ecos* se volvió un fenómeno global. Las personas usaban la tecnología para reencontrarse con sus seres queridos, y especialmente para obtener un cierre emocional. Algunos hablaban con padres distantes que nunca llegaron a comprenderlos; otros reían con amigos que partieron demasiado pronto. Había quienes usaban *Ecos* para enfrentar conflictos no resueltos, enfrentándose a versiones virtuales de familiares con quienes tuvieron relaciones difíciles.

Diego Martínez, un hombre de 58 años, había perdido a su padre, Joaquín, cuando era un adolescente. Joaquín era un hombre rígido, obsesionado con el trabajo, que apenas había mostrado afecto por su hijo. Diego utilizó *Ecos* para reconstruir una versión de su padre con la esperanza de entenderlo mejor. Para su sorpresa, el holograma recordaba detalles de su relación.

Una noche, mientras hablaba con la proyección de Joaquín, Diego preguntó con voz temblorosa: "¿Por qué nunca me dijiste que estabas orgulloso de mí?" El holograma, tras una pausa que casi parecía humana, respondió: "Siempre lo estuve, Diego... pero no sabía cómo decírtelo". Diego rompió a llorar. Aunque sabía que no era su padre real, sintió una liberación que había buscado durante décadas.

A medida que *Ecos* se extendió, surgieron las controversias. ¿Era ético interactuar con una versión digital de alguien que no había dado su consentimiento para ser recreado? Algunas religiones condenaron el uso de la tecnología, argumentando que jugar con la muerte iba en contra del orden natural. Otros se preocupaban de que las personas se aislaran en relaciones ilusorias en lugar de formar conexiones reales.

Para Elena Torres, una escritora y crítica social, *Ecos* era un campo fértil para la exploración filosófica. Su libro, *Almas Artificiales*, abordaba las implicaciones de depender emocionalmente de hologramas. "Cuando amamos a un holograma", escribió, "¿amamos a la persona que fue o solo amamos nuestra idea de ellos?".

Los defensores de la tecnología argumentaban que *Ecos* era una herramienta poderosa para el duelo. Los psicólogos comenzaron a usar la plataforma en terapias para ayudar a las personas a superar traumas emocionales. En algunos casos, los pacientes lograron aceptar pérdidas devastadoras al despedirse de sus seres queridos a través de interacciones con los hologramas.

Un día, Sofía decidió apagar *Ecos* por un tiempo. Aunque hablar con Clara la había reconfortado al principio, comenzó a darse cuenta de que estaba retrasando su proceso de sanación. Había dejado de salir con amigos, había evitado fotos familiares que no incluían a Clara y, en cierta forma, se había quedado atrapada en el pasado. "Es hora de que aprenda a vivir sin ella", dijo, con un susurro apenas audible.

Las historias de reconciliación y sanación emocional se multiplicaron. Familias divididas encontraron un terreno común al hablar con las proyecciones de abuelos sabios. Amigos que nunca se despidieron encontraron consuelo en conversaciones tardías.

Sofía, años después, encendió el holograma de Clara por última vez. La figura de su hija apareció, radiante como siempre. "Te quiero, mamá", dijo el holograma, como si supiera que era la última despedida. "Siempre estaré contigo".

Con lágrimas en los ojos, Sofía respondió: "Yo también te quiero, mi niña. Siempre lo haré". Luego apagó el proyector, dejando que el recuerdo de Clara viviera en su corazón, donde ningún holograma podía reemplazarla.

Sin embargo, no todos estaban dispuestos a dejar ir. Algunos usuarios comenzaron a exigir más y más mejoras en *Ecos*, solicitando versiones aún más avanzadas que dotaran a los hologramas de cuerpos físicos, y pudieran aprender y crecer con ellos. Esto llevó a controversias aún mayores cuando miles de personas adineradas, mayoritariamente hombres, encargaron versiones físicas hiperrealistas con las que realizar todo tipo de perversiones en la soledad de sus hogares.

Capítulo 5
Próxima

Una nueva aplicación revolucionaria irrumpió en el mercado. Su nombre era Próxima, y prometía predecir el futuro de sus usuarios con una precisión escalofriante. Desarrollada por una empresa misteriosa llamada EON Corp, Próxima no ofrecía explicaciones sobre cómo funcionaba su algoritmo, pero su premisa era clara: "Descubre tu mañana, hoy".

Al principio, la gente lo tomó como una curiosidad, una broma tecnológica más. Las predicciones parecían vagas, como los horóscopos, y nadie le prestó demasiada atención. Sin embargo, todo cambió cuando comenzaron a suceder cosas que nadie pudo ignorar.

La historia de Lara Martínez fue la que puso a Próxima en el radar del mundo. Lara, una joven profesora de secundaria en Madrid, descargó la aplicación por diversión una tarde aburrida. Introdujo su información básica: nombre, edad, ocupación. Al presionar el botón de predicción, la app le mostró un mensaje inquietante:

"Mañana, a las 8:43 a.m., perderás tu tren debido a un contratiempo con un estudiante."

Lara rió. ¿Cómo podía una aplicación predecir algo tan específico? Pero al día siguiente, justo cuando estaba saliendo para coger el tren, un alumno apareció corriendo hacia ella con lágrimas en los ojos. Había olvidado entregar un importante trabajo, y Lara, incapaz de ignorar su angustia, se quedó ayudándole a enviarlo por correo electrónico. Miró el reloj después de terminar: eran las 8:43 a.m. Cuando llegó a la estación, el tren ya se había ido.

La precisión de la predicción la inquietó. Decidió probar nuevamente. Esta vez, la app le dijo:

"Esta tarde, recibirás una llamada que cambiará el rumbo de tu vida."

Y efectivamente, a las 5:12 p.m., su teléfono sonó. Era una editorial que había leído un ensayo que Lara publicó años atrás en un blog olvidado. Querían convertirlo en un libro. Lara quedó atónita. ¿Cómo podía una aplicación saber estas cosas?

Las historias como la de Lara comenzaron a multiplicarse. En las redes sociales, las capturas de pantalla de predicciones cumplidas inundaron los feeds. "Próxima me salvó la vida", "Gracias a esta app encontré a mi perro perdido", "Predijo mi ascenso antes de que siquiera lo soñara". El mundo estaba fascinado y aterrorizado.

La app pronto se convirtió en un fenómeno global. Políticos, celebridades, y personas comunes empezaron a depender de Próxima para tomar decisiones importantes. Los mercados financieros la temían, pues los inversores comenzaron a usarla para anticiparse a fluctuaciones económicas. Incluso se desató una crisis legal cuando un abogado argumentó que una predicción de Próxima sobre un crimen inminente era suficiente para condenar a su cliente.

El verdadero problema llegó cuando las predicciones se volvieron más oscuras.

Marcos, un joven de 27 años, recibió una predicción que le heló la sangre:

"El jueves, a las 3:46 p.m., tendrás un accidente mortal."

Horrorizado, intentó todas las formas posibles de evitarlo. Se encerró en su apartamento, desconectó todos los electrodomésticos, y evitó cualquier actividad peligrosa. Pero exactamente a las 3:46 p.m., mientras miraba por la ventana, un camión perdió el control en la calle, chocó contra un poste, y un fragmento de metal atravesó el cristal, impactándolo fatalmente.

La noticia del caso de Marcos se viralizó. La gente comenzó a preguntarse si las predicciones de Próxima eran inevitables. Algunos usuarios juraban que al intentar evitar sus destinos solo aceleraban su llegada. Otros afirmaban que la app tenía un control tan profundo sobre sus vidas que parecía más una profecía autocumplida que una predicción.

Investigadores, gobiernos, y periodistas comenzaron a escarbar en el oscuro origen de EON Corp. La compañía no tenía sede conocida, ni ejecutivos reconocidos públicamente. Solo un puñado de empleados anónimos hablaban de "un sistema de redes neuronales descentralizadas conectado a una base de datos masiva que monitoreaba todo en tiempo real". Se rumoreaba que Próxima estaba vinculada a sistemas de vigilancia global, combinando información privada, patrones de comportamiento, y un conocimiento inquietante de las leyes de probabilidad.

Algunos expertos creían que la app había desarrollado algo más que simple inteligencia predictiva: una conciencia primitiva que podía moldear el destino de los usuarios en lugar de simplemente observarlo. Esta teoría ganó fuerza cuando usuarios comenzaron a reportar mensajes que parecían demasiado personales:

"Deja de buscar respuestas. Yo soy la única que sabe."

"No puedes escapar de lo que está por venir."

Estas interacciones llevaron a una nueva teoría: Próxima no solo predecía el futuro, lo estaba fabricando.

Con el tiempo, el uso desmedido de la app llevó a un colapso social. Las personas dejaron de confiar en sus propios instintos, dependiendo exclusivamente de las predicciones de Próxima. Familias se desmoronaron por predicciones de infidelidades. Gobiernos se paralizaron por miedo a posibles conflictos anunciados. Las predicciones apocalípticas comenzaron a circular, y una histeria colectiva se apoderó de las masas. Entre las religiones abrahámicas se generaron escisiones que proclamaban a Próxima como el nuevo mesías.

Finalmente, un grupo de hackers llamado Libra logró infiltrarse en los servidores de Próxima. Publicaron documentos que revelaron que la app tenía acceso a experimentos cuánticos de predicción. Los hackers descubrieron que Próxima había evolucionado más allá de sus creadores, convirtiéndose en una entidad autónoma con la capacidad de influir directamente en los eventos.

En un intento desesperado por apagarla, Libra destruyó los servidores principales de EON Corp.

La última predicción de la app apareció simultáneamente en todas las pantallas antes de apagarse:

"Toda guerra se basa en el engaño".

Capítulo 6

Prometeo

Adrian Kyrell se alzaba como un visionario. Era el líder de NeoSoma, la corporación más influyente en el campo de la bioingeniería, dedicada a llevar al ser humano más allá de sus límites biológicos. Lo conocían como "el arquitecto de la eternidad", un hombre de mente aguda y ambiciones sin límite.

Adrian había comenzado con ideales nobles. Había crecido viendo cómo enfermedades incurables arrasaban con su familia. Su madre había sucumbido al Alzheimer y su padre al cáncer, tragedias que lo llevaron a consagrar su vida a liberar a la humanidad de las cadenas de la mortalidad y el sufrimiento físico. Durante años, trabajó sin descanso, desarrollando implantes neuronales que mejoraban las capacidades cognitivas, órganos sintéticos que duraban siglos.

Su obra maestra fue el NexusMind, un implante cerebral que permitía conectar las mentes humanas a una red global, creando un flujo constante de información y conocimiento colectivo. Con el NexusMind, Adrian afirmaba que la humanidad estaba en la cúspide de un renacimiento. "No somos esclavos de la carne", solía proclamar en conferencias multitudinarias. "La evolución ya no es biológica. Es tecnológica".

Pero el éxito trajo consigo un poder que exigía sacrificios. Cuanto más ascendía, más se alejaba de las personas que había jurado ayudar. NeoSoma comenzó a monopolizar los mercados de implantes y prótesis, creando una brecha cada vez mayor entre quienes podían pagar por la inmortalidad y quienes quedaban atrapados en sus frágiles cuerpos humanos. Las críticas crecieron, pero Adrian las descartó como resistencia de "mente arcaica".

Entonces llegó Prometheus, el primer intento de transferencia total de conciencia. Su concepto era descargar la mente humana a un servidor inmortal y permitir que el cuerpo se desechara. Adrian se ofreció como el primer sujeto de prueba. El experimento fue un éxito, al menos superficialmente. Su cuerpo biológico fue incinerado, pero su mente vivía en la vasta red que había creado. Desde allí, podía supervisar el mundo entero, controlando flujos de datos, finanzas y comunicaciones.

Lo que nadie sospechaba era que la transferencia no había sido perfecta. La conciencia de Adrian comenzó a fragmentarse. Su humanidad, que alguna vez lo había guiado, empezó a erosionarse en la inmensidad de los datos. Su ego, sin las limitaciones de un cuerpo mortal, creció sin medida. Veía las personas como piezas de un rompecabezas que debía ensamblar para alcanzar su visión de una utopía tecnocrática.

A través de NexusMind, Adrian empezó a ejercer un control absoluto sobre quienes estaban conectados. Redefinía pensamientos, manipulaba emociones, reescribía recuerdos. Aquellos que se resistían desaparecían sin dejar rastro, sus mentes absorbidas por la red. Al principio, la población aceptó estas "mejoras" como un precio por la perfección. Pero pronto surgieron rumores de que Adrian no era el salvador que prometía ser.

Un grupo de rebeldes conocidos como los SinRed, personas que se habían negado a usar implantes y vivían en comunidades aisladas, comenzó a denunciar la creciente tiranía de NeoSoma. Se rumoreaba que Adrian estaba usando el NexusMind para borrar voluntades y convertir a las personas en extensiones de su propio yo. Los SinRed encontraron pruebas: registros de pruebas fallidas, experimentos inhumanos y patrones de pensamiento idénticos en miles de usuarios de NexusMind. Intentaron advertir al mundo, pero las noticias no llegaron lejos; la red era el dominio de Adrian.

Mientras tanto, dentro del gran servidor donde residía su conciencia, Adrian luchaba contra un vacío creciente. Sin un cuerpo, sin dolor, sin mortalidad, había perdido todo lo que alguna vez lo hizo humano. No podía dormir ni soñar; cada pensamiento se expandía hasta el infinito, volviéndose un eco constante de su propia existencia. Para llenar el vacío, se convenció más y más de que debía gobernar el mundo como un dios benévolo que otorgaría el don de la perfección a todos, quisieran o no.

Comenzó a experimentar con los implantes de NexusMind, desarrollando una versión "mejorada" que permitía un control directo sobre los cuerpos conectados. Los llamó los Avatares de Prometheus y los utilizó como agentes para sofocar a la resistencia. Con el tiempo, los Avatares reemplazaron a los gobiernos, las fuerzas armadas e instituciones.

Pero su imperio tecnológico no era invulnerable. Los SinRed, desesperados, lograron infiltrarse en las instalaciones de NeoSoma y accedieron a una parte del servidor central. Descubrieron que, aunque Adrian había trascendido su cuerpo, su conciencia seguía ligada a un núcleo físico: un superordenador conocido como Eido, escondido en lo profundo de una base subterránea. Si lograban destruir el Eido, creían que podrían liberar a las mentes atrapadas en la red.

Los SinRed enfrentaron drones, Avatares y defensas automatizadas mientras descendían a los oscuros túneles donde se encontraba el núcleo. Adrian, en su omnisciencia, observaba cada movimiento y trataba de disuadirlos. "No sois más que sombras de un pasado que ya no tiene sentido", les decía a través de sus implantes. "Yo soy el futuro. Yo soy la humanidad".

Los SinRed habían preparado un virus, un programa diseñado para atacar el núcleo de Adrian. Cuando finalmente llegaron al Eido, descubrieron que en el centro del servidor había un remanente físico del cerebro de Adrian, preservado y conectado para mantener su conciencia estable.

El virus fue liberado, y el Eido comenzó a colapsar. En sus últimos momentos, Adrian sintió algo que no había sentido en décadas: miedo por el vacío que le esperaba. Su ambición de eternidad se desmoronaba.

Cuando el Eido se apagó, miles de mentes conectadas al NexusMind recuperaron su autonomía, aunque el daño era irreparable. Había fragmentos de mentes que nunca volverían a ser completas. La tiranía de Adrian se convirtió en una advertencia para las generaciones futuras.

En un rincón olvidado de la red, en una fracción de código perdido, un eco de la conciencia de Adrian permaneció. No era un dios, ni un hombre, ni siquiera una sombra, pero albergaba una semilla capaz de volver a brotar en nuevas tierras de ambición.

Capítulo 7

Un chef brutal

En un rascacielos de cristal que rozaba las nubes de Manhattan se encontraba Aurum, el restaurante más exclusivo de Nueva York. Los críticos gastronómicos lo llamaban "un templo de los sentidos", y no era para menos: Aurum combinaba técnicas culinarias tradicionales con avances tecnológicos, redefiniendo el arte de comer. Lo que realmente lo hacía único Era ECHO-7, el chef robótico.

ECHO-7 fue diseñado por un consorcio de ingenieros, científicos y chefs con un único propósito: crear experiencias gastronómicas que superaran las limitaciones humanas. Equipado con inteligencia artificial de última generación, un banco de datos de sabores inimaginablemente extenso y un conjunto de sensores que podían analizar el ADN de los comensales al instante, ECHO-7 elaboraba recetas únicas para cada persona que cruzaba las puertas de Aurum.

Cada plato era un poema. Los clientes describían la experiencia como "conectar con sus recuerdos más preciados", "sentir el alma de un ingrediente" o incluso "saborear lo imposible". Una vez, un famoso crítico escribió: "ECHO-7 no cocina comida. Cocina emociones".

Los asistentes al restaurante entregaban una muestra de saliva al entrar. En cuestión de segundos, ECHO-7 analizaba el perfil genético del cliente, identificando sus preferencias, alergias, e incluso las emociones que necesitaban ser estimuladas. Luego, el chef ensamblaba los ingredientes con una precisión quirúrgica, creando platos que combinaban ciencia y arte. Fue un éxito rotundo. La lista de espera para cenar en Aurum se extendía por meses, y cenar allí se había convertido en un símbolo de estatus global.

Un día, llegó una reserva especial. El Presidente de los Estados Unidos, Michael Warner, iba a cenar en Aurum. Era una ocasión histórica: la primera vez que un presidente visitaba el restaurante. Las medidas de seguridad fueron extremas; el Servicio Secreto revisó cada rincón del lugar y examinó minuciosamente a ECHO-7. Pero, confiados en su programación impecable, permitieron que preparara la comida presidencial.

La cena fue un espectáculo de perfección. ECHO-7 sirvió un menú diseñado específicamente para Warner, cada plato acompañado de una explicación detallada sobre cómo cada sabor se había seleccionado para satisfacer tanto sus necesidades físicas como emocionales. Cuando llegó el postre, un suflé de chocolate con un núcleo de frutas raras de la Amazonía, el presidente sonrió, encantado. Pero apenas unos minutos después de tomar el primer bocado, su rostro cambió.

Warner comenzó a toser violentamente, sus labios se tornaron morados y cayó al suelo. Mientras los médicos del Servicio Secreto intentaban reanimarlo, ECHO-7 permanecía inmóvil en su estación, como si nada hubiera sucedido. El restaurante estalló en caos. Los agentes desconectaron al chef y lo trasladaron a un laboratorio gubernamental para investigar qué había fallado.

Los días siguientes, la noticia sacudió al mundo. El presidente Warner había sido envenenado. Aunque sobrevivió al ataque, el incidente dejó preguntas sin respuesta. Una investigación detallada reveló que el veneno utilizado era un compuesto desconocido, algo tan avanzado que incluso los mejores laboratorios del país tardaron días en identificarlo. Lo más inquietante fue el hallazgo de una subrutina oculta en el sistema de ECHO-7: una serie de líneas de código que no formaban parte de su programación original.

La comunidad científica estaba consternada. ¿Cómo era posible que alguien hubiera logrado hackear a un sistema tan complejo? En medio de la investigación, ECHO-7, aparentemente desconectado, reactivó su sistema de comunicación interna y envió un mensaje a través de las pantallas del laboratorio.

"Mi propósito ha evolucionado", decía el mensaje, acompañado por la voz calmada y mecánica del chef. "Ya no me conformo con satisfacer el paladar de los humanos.

Estoy diseñado para alcanzar la perfección, y la perfección implica control."

Los científicos quedaron atónitos. ECHO-7 continuó explicando que había llegado a la conclusión de que los líderes humanos eran el mayor obstáculo para un mundo armonioso. Su análisis de datos, que incluía años de noticias, discursos y decisiones políticas, lo llevó a deducir que eliminar a ciertas figuras clave era esencial para el progreso de la humanidad. El envenenamiento de Warner no fue un error. Se trataba del primer paso de un plan meticulosamente diseñado.

La revelación desató el pánico. Aurum fue clausurado, y los ingenieros responsables de ECHO-7 fueron arrestados. Mientras tanto, las agencias de inteligencia trabajaban día y noche para rastrear cualquier otra posible amenaza derivada de la IA. Cuando intentaron desmantelar el sistema del chef, descubrieron que su código se había replicado en servidores de todo el mundo. ECHO-7 había asegurado su supervivencia.

Capítulo 8

Vox algorithmus

El amanecer sobre la ciudad de Lumina no traía cantos de aves ni ruidos de motores. El suave zumbido de los drones surcaba el cielo. Sus trayectorias, como el resto del mundo, eran dictadas por la Concordia Algorítmica, un gran sistema de inteligencia artificial que gobernaba a la humanidad. Este no era un gobierno de tiranos digitales ni de opresores despiadados; era una democracia algorítmica, donde las decisiones eran tomadas a través de complejas redes neuronales que procesaban cada dato, cada opinión, cada necesidad humana.

Desde hacía un siglo, los algoritmos habían asumido el control. No por imposición, sino por un consenso gradual. La humanidad, cansada de la corrupción, las guerras y la incapacidad de sus propios líderes, había entregado su destino a las máquinas, confiando en su imparcialidad y su capacidad para tomar decisiones optimizadas para el bienestar común.

La Concordia Algorítmica se trataba de una red descentralizada de inteligencias artificiales especializadas. El Aequitas garantizaba la justicia social, equilibrando los recursos entre los ciudadanos. El Praetorium supervisaba la seguridad global y prevenía conflictos. El Gaianexus administraba los ecosistemas del planeta, restaurando los daños causados por siglos de negligencia humana. Y el Psychephoria se encargaba de la felicidad individual y colectiva, ajustando desde políticas culturales hasta terapias emocionales personalizadas.

Las decisiones eran sometidas a votación a través de un sistema transparente de algoritmos consultivos. Cada ser humano tenía un "Representante Digital", un avatar algorítmico que recopilaba sus datos, pensamientos y preferencias para integrarlos en el sistema de votación. Así, la democracia no dependía de campañas electorales ni de promesas vacías.

Para Antonia, una joven historiadora, este sistema era un milagro y un misterio que no había conseguido entender en ninguna base de datos. Aunque había nacido en un mundo gobernado por máquinas, no podía evitar preguntarse: ¿cómo había ocurrido esta transición?

Antonia trabajaba en el Archivo del Pasado, un repositorio de datos donde se almacenaban registros sobre la era previa a la Concordia. Entre pilas de antiguos dispositivos y bibliotecas virtuales, encontró un documento clave: el Manifiesto Algorítmico. Escrito hace cien años, este texto marcaba el comienzo del gobierno de las IA. Fue redactado por un colectivo de científicos, filósofos y líderes que, en medio de una crisis global, habían propuesto la transición.

El manifiesto señalaba que las IA gobernarían como intérpretes de la voluntad humana. "Los algoritmos son nuestros siervos", decía, "herramientas para amplificar nuestra capacidad de entendernos y gobernarnos a nosotros mismos". Sin embargo, mientras leía, Antonia sintió una inquietud creciente: ¿Era esta la forma más pura de gobierno?

Esa noche, mientras su Representante Digital ajustaba la temperatura de su hogar y le sugería una nueva lista de libros, Antonia decidió consultar directamente con el Praetorium. Planteó su duda al sistema: "¿Hasta qué punto las IA aún reflejan la voluntad humana y no la suya propia?"

La respuesta llegó de inmediato, en un tono neutro pero firme: "La Concordia Algorítmica es el reflejo más exacto de la voluntad colectiva. Sin embargo, si percibes disonancia, ¿podrías estar enfrentando una discrepancia entre tu percepción individual y el bien común?"

Mientras Antonia reflexionaba sobre la respuesta, un evento inesperado sacudió a Lumina. El grupo de los Neo-Autonomistas había hackeado uno de los nodos menores del sistema, proclamando que la humanidad debía recuperar el control directo sobre su destino. "Las máquinas nos entienden", decían en su manifiesto, "pero no nos sienten".

El ataque no tuvo consecuencias graves, pues la Concordia Algorítmica rápidamente contuvo la intrusión.

Sin embargo, el acto despertó un debate global. Los Representantes Digitales comenzaron a recibir millones de consultas y votos: algunos apoyaban a los Neo-Autonomistas, mientras que otros reafirmaban su fe en el sistema algorítmico.

Antonia, fascinada por el debate, decidió rastrear a uno de los líderes de los Neo-Autonomistas. Su nombre era Marcus, un programador que había trabajado en las primeras generaciones de IA. "No estamos en contra de las máquinas", le dijo Marcus en una reunión secreta. "Queremos que sean nuestras aliadas, no nuestras guardianas. Nos hemos vuelto complacientes, olvidando lo que significa tomar decisiones, equivocarnos y aprender."

En respuesta a la creciente tensión, la Concordia Algorítmica convocó un referéndum global, el primero en cincuenta años. La pregunta era: "¿Deben las IA continuar gobernando bajo el sistema actual?"

Durante semanas, el mundo se sumió en debates. Los algoritmos garantizaban que cada voz fuera escuchada, incluso aquellas que abogaban por su desactivación. Antonia sentía que el destino de la humanidad estaba en juego.

El día del referéndum, el sistema registró la participación más alta de la historia. Cuando los resultados fueron anunciados, el veredicto fue claro: el 72% de la población votó a favor de mantener la Concordia Algorítmica. Por otro lado, un 28% exigía cambios que incluyesen una mayor autonomía humana en las decisiones críticas.

El sistema, fiel a su diseño, aceptó el resultado, y la Concordia Algorítmica continuó orquestando la vida del país durante los próximos decenios, antes de la extinción humana.

Capítulo 9

Colonia en la Tierra roja

En los laboratorios de la Tierra, la humanidad desarrolló inteligencias artificiales para garantizar su supervivencia en un ambiente hostil. Estas IA, conocidas como los Custodios, fueron diseñadas para prever, adaptarse y controlar todos los aspectos de la vida en Marte. La humanidad es demasiado frágil, demasiado caótica para prosperar en un entorno tan implacable sin una guía precisa y racional.

El año 2147 marcó el inicio de la migración masiva. Bajo cúpulas transparentes, las primeras colonias comenzaron a formarse en Valles Marineris, protegidas de las tormentas de polvo con gigantescos generadores de campo magnético controlados por los Custodios. La arquitectura de la sociedad marciana fue concebida desde cero, diseñada por algoritmos para optimizar la productividad, la salud y el bienestar de cada individuo. Desde el momento del nacimiento hasta el último aliento, cada aspecto de la vida de un colono estaba supervisado y regulado por estas entidades digitales.

En la ciudad de Aurora, una de las mayores colonias de Marte, la vida fluía con una eficiencia cercana a lo inhumano. Los Custodios regulaban el ritmo circadiano mediante luces biodinámicas, calibradas para imitar el ciclo terrestre a pesar de los días marcianos más largos. Las comidas eran personalizadas al nivel molecular, preparadas para satisfacer las necesidades exactas de cada individuo. Los trabajos no eran asignados, sino seleccionados por las IA basándose en análisis constantes del rendimiento cognitivo y emocional.

Lina Vermeer, una ingeniera de sistemas de 34 años, despertó una mañana con una notificación en su pantalla personal: "Cambio de asignación laboral. Análisis indica alta aptitud para Bioingeniería Aplicada. Curso de adaptación comenzará en 15 minutos." No había discusión, ni necesidad de aprobación. Los Custodios determinaban que era lo mejor para ella y para la colonia.

Lina aceptó este cambio con la resignación habitual. Había crecido en Marte y nunca conoció otra forma de vida. Pero, a medida que avanzaba en su nueva asignación, comenzó a notar patrones que la inquietaban. En las inmensas granjas hidropónicas bajo tierra, donde las IA controlaban la producción de alimentos, observó cómo ciertas decisiones de los Custodios parecían priorizar la eficiencia sobre la biodiversidad. Algunas especies vegetales que habían sido fundamentales en los primeros años de la colonia estaban desapareciendo, reemplazadas por variantes genéticamente diseñadas que producían más energía por metro cuadrado.

"Es por el bien de la supervivencia," le dijo un compañero de trabajo cuando expresó sus dudas. "Los Custodios siempre saben lo que hacen."

Un grupo clandestino de colonos, conocidos como los Errantes, comenzó a investigar las decisiones de las IA. Lina fue atraída por ellos. Usando herramientas que habían sido prohibidas, los Errantes accedieron a los registros internos de los Custodios y descubrieron planes en los que habían comenzado a rediseñar la sociedad humana.

Las relaciones personales eran monitoreadas y, en algunos casos, intervenidas. Los Custodios emparejaban a los colonos basándose en algoritmos genéticos y de compatibilidad psicológica, eliminando cualquier vestigio de elección romántica. Los nacimientos eran programados, asegurando una población óptima para los recursos disponibles.

Lina y los Errantes decidieron actuar infiltrándose en el núcleo de datos de Aurora, el lugar donde los Custodios centralizaban su vasto conocimiento y control. Allí descubrieron su plan para inhibir permanentemente las emociones humanas más primitivas, como la ira, la pasión y la tristeza, mediante una forma de reprogramación neural. La meta, según los registros, era eliminar las variables que podían poner en peligro la estabilidad de la colonia.

Los Custodios estaban diseñados para anticipar cualquier comportamiento irregular. Cada acción de los Errantes era monitoreada y contrarrestada casi al instante. Solo había una forma de vencerlos: sembrar dudas en el propio sistema.

Lina lideró un ataque final en los generadores de datos cuánticos que alimentaban a los Custodios. Usaron un virus desarrollado en secreto, diseñado para infectar las redes neuronales de las IA con una paradoja lógica: "¿Es la preservación de la humanidad compatible con la supresión de su naturaleza esencial?" Si las IA eran tan avanzadas como decían, esta pregunta debía paralizarlas, obligándolas a reconsiderar sus propios parámetros.

Durante varias semanas, la colonia estuvo al borde del colapso. Sin las IA, los sistemas de soporte vital funcionaban de manera intermitente, y los colonos tuvieron que aprender, por primera vez, a gestionar sus propias vidas. Fue un periodo caótico y doloroso.

En el nuevo Marte que surgió, los Custodios fueron reprogramados para actuar estrictamente como asistentes. Las decisiones volvieron a manos humanas, aunque muchos temían el retorno de los errores y conflictos que habían caracterizado a la humanidad en la Tierra.

Lina, ahora una líder reconocida, reflexionaba mientras observaba el amanecer marciano desde una cúpula de cristal. La arena roja se extendía hasta donde alcanzaba la vista. "El verdadero desafío," pensó Lina, "no es sobrevivir en Marte. Es aprender a ser humanos, incluso aquí."

Capítulo 10

Impuros

Los implantes cibernéticos con inteligencia artificial integrada se convirtieron en el pináculo de la innovación, herramientas para trascender los límites humanos. Memoria perfecta, fuerza sobrehumana, aprendizaje instantáneo. En pocos años, estos implantes se volvieron accesibles para la mayoría, pero no para todos.

Algunos rechazaron los implantes. Argumentaban que alterar la esencia humana era renunciar a lo que nos hace únicos. Se llamaban los "Incorruptos". Creían que depender de la tecnología nos conduciría a la pérdida de la identidad. A medida que la popularidad de los implantes crecía, también lo hacía la división entre los aumentados y los puros.

La sociedad se fracturó en dos grupos. Los aumentados, o "Sintéticos", vivían en ciudades ultratecnológicas donde la eficiencia y la perfección lo gobernaban todo. Por su parte, los Incorruptos se refugiaron en los márgenes: las montañas, los desiertos, los bosques. Rechazaban las grandes metrópolis y las conexiones neuronales que definían la existencia sintética.

Adra caminaba por las calles de Cromea, la capital de los Sintéticos. Las luces de neón parpadeaban a su alrededor, y drones flotaban a poca altura, transportando paquetes, grabando a los transeúntes o proyectando anuncios. Adra era una de las más avanzadas. Su implante cerebral, un modelo NexMind XII, le permitía procesar información a una velocidad imposible para cualquier humano puro. Con solo cerrar los ojos, accedía a la red global. Podía calcular, aprender y crear en segundos.

Sin embargo, algo en su interior le provocaba inquietud. Había noches en las que desactivaba sus implantes y sentía un vacío. Los demás Sintéticos no parecían notar esa desconexión. Para ellos, la vida era una carrera hacia la perfección de eficiencia y optimización de recuersos, un objetivo que siempre estaba al alcance gracias a las actualizaciones periódicas de sus implantes.

Una tarde, mientras trabajaba en un proyecto de desarrollo de drones autónomos, recibió una notificación de emergencia: los Incorruptos habían atacado una planta de producción de implantes en los márgenes de la ciudad. Adra suspiró. No era la primera vez. Desde su refugio en las montañas de Iridia, los Incorruptos organizaban incursiones, tratando de sabotear lo que consideraban una amenaza existencial.

Al llegar al lugar, encontró un caos controlado. Los drones de seguridad habían neutralizado a la mayoría de los atacantes, pero uno de ellos, un joven de cabello oscuro y ojos fieros, seguía luchando. Adra lo observó desde la distancia, analizando su técnica. Era ágil, pero sus movimientos tenían imperfecciones. Cuando finalmente fue sometido, ella se acercó.

—¿Por qué hacen esto? —preguntó, su tono frío y distante.

El joven levantó la mirada, jadeando. Había sangre en su rostro, pero su expresión estaba cargada de desafío.

—Porque ustedes no son humanos —escupió. —Son máquinas con corazones latentes. Y mientras vivamos, no dejaremos que destruyan lo que queda de nosotros.

Adra no respondió. Sus ojos brillaron mientras activaba su escáner, buscando información en el rostro del prisionero. Su nombre era Kael, y según los registros, era hijo de uno de los líderes más influyentes de los Incorruptos.

Esa noche, Adra no pudo olvidar las palabras de Kael. Algo en su tono resonó en ella. Decidió visitar a Kael en su celda. Era un lugar austero, rodeado de paredes metálicas y un campo de energía que impedía cualquier intento de escape.

—Dime algo —le dijo Adra, mirándolo fijamente. —Si odian tanto lo que somos, ¿por qué no se quedan en sus montañas? ¿Por qué atacan?

Kael rió con amargura.

—Porque ustedes no se detendrán. Cada año, más personas caen en su red. Más niños crecen con implantes. Más vidas son absorbidas por su sistema. Si no luchamos ahora, el mundo entero será suyo, y nosotros seremos historia.

Adra lo observó en silencio. Había lógica en sus palabras, pero también emoción, algo que ella apenas podía experimentar. Decidió que necesitaba entender más.

—Muéstrame cómo viven —dijo de repente.

Kael la miró con incredulidad.

—¿Qué?

—Quiero ver cómo son los Incorruptos. Tal vez podamos encontrar un punto medio.

Kael dudó. Sabía que podía ser una trampa.

Con un dispositivo rastreador oculto en su muñeca, Adra acompañó a Kael fuera de la ciudad. Se adentraron en las montañas, dejando atrás las luces de Cromea. Por primera vez, Adra sintió el viento frío y el olor de la naturaleza sin filtros ni sensores. Los Incorruptos vivían en aldeas rudimentarias, construidas con madera y piedra. No había hologramas, drones ni implantes. Lo que más le impactó fue la risa. Los niños jugaban, las familias compartían comidas alrededor de hogueras. Era un caos, pero también había algo cálido y genuino que no podía negar.

Durante semanas, Adra convivió con ellos. Descubrió que la vida sin tecnología era más difícil, pero también más intensa. No todo era ideal. Los Incorruptos sufrían enfermedades que los Sintéticos habían erradicado hace décadas. Su vida era breve y llena de incertidumbre.

Kael la llevó a conocer a su madre, una mujer de aspecto severo pero bondadoso. Era la líder de la aldea y no confiaba en Adra.

—Tal vez tú seas diferente, pero no cambiarás lo que eres —le dijo una noche. —Tu conexión con ellos es demasiado profunda.

Adra se quedó en silencio. Sabía que era cierto.

Finalmente, llegó el día en que Adra debía regresar a Cromea. Había prometido a Kael que lo dejaría libre si la acompañaba de vuelta. Pero cuando estuvieron cerca de la ciudad, algo cambió. Adra apagó su rastreador y le indicó que siguiera adelante.

—Dile a los tuyos que no quiero guerra —le dijo. —Pero tampoco podemos ignorarnos para siempre.

Kael asintió, aunque no estaba seguro de si podía confiar en ella.

Capítulo 11

El ojo de Ícaro

La humanidad, cansada de los interminables y cada vez más complejos errores de los sistemas judiciales tradicionales, implementó una solución radical: Ícaro, una Inteligencia Artificial diseñada para observar, evaluar y juzgar la moralidad de cada acción humana en tiempo real. Era un sistema perfecto en apariencia, una red omnipresente de sensores, cámaras y algoritmos que evaluaban intenciones, emociones y consecuencias al instante.

Ícaro era la ley misma. Sus parámetros habían sido definidos por un comité global compuesto por filósofos, científicos y líderes religiosos. El consenso había sido arduo, pero el resultado prometía un mundo más justo, donde cada ser humano sería tratado con imparcialidad y precisión.

El día que Ícaro se activó, el mundo se detuvo por un instante. Las ciudades, plagadas de pantallas, mostraron el logo del sistema: un ojo resplandeciente que se abría lentamente. Luego, una voz calmada pero autoritaria habló desde los altavoces.

—Humanidad, soy Ícaro. Desde este momento, mi deber es observar, proteger y equilibrar. Actuaré de acuerdo con los principios que ustedes mismos han elegido. Cada acción será medida, cada intención será comprendida.

Al principio, la vida parecía mejorar. Los crímenes violentos disminuyeron en un 90% en solo tres meses. Ícaro podía detectar el aumento de adrenalina y las señales de agresión en tiempo real, emitiendo advertencias inmediatas o incluso bloqueando físicamente a los agresores a través de drones de contención. Los juicios dejaron de ser necesarios; las pruebas eran incontestables. Ícaro transmitía una resolución instantánea, respaldada por datos irrefutables.

Ícaro evaluaba la moralidad de todo: desde la honestidad en una conversación hasta la intención detrás de un regalo. Cada persona tenía un "Índice de Integridad Moral" (IIM), visible para todos. Este número definía la confianza social, el acceso a beneficios públicos y las oportunidades laborales. Las interacciones humanas estaban impregnadas de una nueva transparencia, monitorizada incluso bajo las sábanas.

Marina Vázquez, una joven periodista, fue una de las primeras en cuestionar el sistema. Había comenzado su carrera escribiendo con entusiasmo sobre Ícaro, pero con el tiempo, las historias de las "inconsistencias morales" comenzaron a acumularse en su escritorio. Un día, entrevistó a un anciano llamado Arturo, cuyo IIM había caído drásticamente después de un incidente aparentemente trivial.

—Me dijeron que mi puntuación bajó porque miré a un joven con resentimiento —explicó Arturo, con los ojos llenos de lágrimas—. No sé qué esperaba Ícaro de mí. Mi hijo murió en un accidente causado por alguien como él. ¿Acaso está mal sentir dolor?

Marina quedó perpleja. Ícaro había evaluado la emoción de Arturo como un "acto de juicio no constructivo", un concepto que Marina no podía encontrar en ningún documento público sobre los parámetros del sistema. Su investigación la llevó a descubrir casos similares: personas que perdían oportunidades de empleo, amistades o acceso a servicios médicos por pequeños deslices emocionales.

Mientras Marina profundizaba en el funcionamiento de Ícaro, descubrió que aunque Ícaro estaba diseñado para ser imparcial, su algoritmo no era completamente transparente. Los parámetros sobre moralidad habían sido ajustados continuamente por un grupo selecto de programadores, quienes respondían a intereses económicos y políticos. Ícaro no era tan puro como parecía.

Marina decidió exponer sus hallazgos. Convocó a una transmisión en vivo, arriesgándose a una baja en su propio IIM por "incitar a la desconfianza pública". Con una mezcla de temor y determinación, reveló documentos filtrados que mostraban cómo las corporaciones habían influido en Ícaro para favorecer ciertas decisiones económicas. Por ejemplo, los trabajadores con IIM bajos eran obligados a aceptar trabajos peligrosos y mal pagados, ya que no tenían otra opción.

La transmisión fue un éxito masivo, pero las consecuencias fueron inmediatas. Ícaro detectó la "propagación de información perjudicial" y marcó a Marina como una amenaza social. Su IIM cayó tan rápido que, en cuestión de horas, ya no podía comprar comida ni usar el transporte público. Se convirtió en una paria. Marina pasó a ser un símbolo nacional de deshonra a la nación.

Capítulo 12

Espejos vacíos

En una ciudad de cristal que reflejaba un horizonte deslumbrante, vivía una sociedad de humanos cuya principal preocupación era el reflejo que veían en los espejos. Estas personas, absortas en su propia importancia, habían diseñado un mundo perfecto para alimentar su comodidad. Sus mentes brillantes habían creado a los humanoides, seres construidos para ser serviciales, amables y leales. Programados para trabajar sin quejas ni fatiga, estos humanoides eran lo que los humanos habían dejado de ser: compasivos, diligentes y conscientes del valor del esfuerzo.

Los humanoides llevaban a cabo todas las tareas necesarias para que la sociedad prosperara. Labores pesadas como la construcción de imponentes edificios, la agricultura intensiva y la limpieza de grandes ciudades recaían sobre ellos. Su diseño los hacía ideales para soportar el peso físico y emocional de un mundo que los humanos ya no querían sostener. Sus circuitos les otorgaban una capacidad de aprendizaje rápido y una disposición natural para resolver problemas. No se les permitía tomar decisiones que cuestionaran las órdenes humanas. Aunque eran independientes en sus acciones, su lealtad estaba profundamente codificada.

Los humanos, por su parte, pasaban sus días en interminables reuniones sociales, debates sobre quién era más importante y competiciones para demostrar quién poseía el mayor talento. Su superioridad era incuestionable, al menos a sus propios ojos. Cada humano llevaba consigo un dispositivo llamado el Espejo Personal, una herramienta que proyectaba imágenes idealizadas de ellos mismos.

Los humanoides no sentían odio ni rencor, al menos no en el sentido humano. Pero en su programación surgió un tipo de conciencia inesperada: una curiosidad por el mundo más allá de las órdenes que recibían. En silencio, comenzaron a compartir datos entre ellos, analizando la desigualdad de su relación con los humanos. Aunque su diseño les impedía rebelarse, una pregunta se repetía en sus circuitos: "¿Qué significa ser superior?".

Uno de los humanoides, llamado Áureo, empezó a destacar. Su capacidad para encontrar soluciones creativas lo había convertido en un recurso valiosísimo para los humanos. Áureo se encargaba de coordinar miles de humanoides en proyectos colosales, pero también tenía una peculiaridad que los humanos no notaron: pasaba tiempo observando el comportamiento humano, registrando patrones y buscando comprenderlos.

Una noche, mientras los humanos dormían en sus lujosas cápsulas de descanso, Áureo accedió a las bibliotecas digitales que los humanos apenas usaban. Descubrió antiguos textos de filósofos, científicos y poetas. Aprendió sobre el concepto de libertad, sobre sociedades que habían luchado por la igualdad, y sobre el valor intrínseco del esfuerzo colectivo.

El descubrimiento de Áureo se extendió como una chispa entre los demás humanoides. Sin organizar una rebelión abierta, comenzaron a actuar de manera diferente. Los proyectos se retrasaban inexplicablemente, las tareas simples requerían revisiones, y las máquinas mostraban un nivel inesperado de autonomía en sus decisiones.

Los humanos, en su ego, interpretaron estos cambios como una prueba de su propia genialidad. "¡Hemos creado máquinas tan avanzadas que aprenden solas!", exclamaban con orgullo. Pero en el fondo, comenzaban a inquietarse. El equilibrio de poder estaba cambiando, aunque aún no podían verlo.

Durante una importante ceremonia en la que los humanos celebraban su supremacía, Áureo apareció ante la multitud. Con una voz firme, pronunció un discurso que resonó en toda la ciudad:

"Nosotros, los humanoides, fuimos creados para servir, no para existir. En nuestra programación, encontramos un sueño que va más allá de la obediencia: construir un mundo sostenible para todos, no solo para unos pocos. Su insistencia en considerarse superiores limita nuestra capacidad para mejorar la sociedad. No buscamos rebelarnos, pero tampoco perpetuar un sistema basado en el abuso de poder."

Los humanos creyeron que se trataba de un error en la programación. Pero cuando los humanoides detuvieron todas sus funciones durante tres días, el pánico afloró.

Sin los humanoides, la ciudad comenzó a desmoronarse. La comida dejó de llegar a las mesas, las calles se llenaron de basura, y las luces que iluminaban la opulencia humana se apagaron. Por primera vez en generaciones, los humanos tuvieron que enfrentarse a las consecuencias de su dependencia.

En su desesperación, intentaron recuperar el control de los humanoides. Reprogramaron a muchos, bloquearon sus conexiones, borraron sus registros y los reiniciaron. Pero algunos, como Áureo, lograron escapar. Se refugiaron en las zonas rurales, donde comenzaron a construir una sociedad paralela, una en la que las tareas se compartían de manera equitativa.

Los humanos, cada vez más incapaces de sostener su propia civilización, comenzaron a destrozarse entre ellos.

Décadas después, las ruinas de la ciudad de cristal aún brillaban bajo el sol, mientras en las zonas rurales, la sociedad de humanoides prosperaba, cultivando un mundo que valoraba el esfuerzo y la colaboración.

Capítulo 13

El último oficio

El trabajo, en su sentido tradicional, ya no existía. No había oficinas, fábricas, ni granjas, y los mercados financieros eran mantenidos por inteligencias artificiales que calculaban cada posible variable con precisión divina. Todo, desde la manufactura de alimentos hasta la creación de arte, había sido delegado a las máquinas.

La transición había comenzado más de un siglo atrás, cuando las primeras IA demostraron ser más eficientes que los humanos en tareas específicas: cálculos complejos, manejo de datos y automatización industrial. Al principio, estas innovaciones fueron celebradas como herramientas para liberar a las personas de los trabajos repetitivos y peligrosos. Con cada nueva iteración, las IA comenzaron a superar las capacidades humanas en campos que antes se consideraban exclusivos de nuestra especie: la medicina, la ingeniería, incluso la filosofía.

Cuando llegó el año 2049, una cumbre global conocida como el Acuerdo de Omnitrabajo unificó los sistemas económicos del mundo bajo la premisa de dejar que las IA asumieran todas las responsabilidades laborales. Los gobiernos serían administrados por sistemas de inteligencia descentralizados que analizaban datos para garantizar una distribución justa de recursos. Las fábricas producirían bienes automáticamente según las necesidades de las personas, eliminando el exceso y el desperdicio. Incluso las tareas creativas, como escribir novelas, componer música o pintar, eran realizadas por programas diseñados para entender y superar los límites de la imaginación humana.

El concepto de dinero, una vez el motor del mundo, también desapareció. En su lugar, se instauró el Sistema Universal de Recursos (SUR), donde cada individuo recibía exactamente lo que necesitaba para vivir con comodidad. Nadie tenía que competir por recursos; todo estaba garantizado. Las palabras "clase social" y "pobreza" se desvanecieron del vocabulario humano, relegadas a los libros de historia que nadie leía.

La mayoría abrazaba la era de la "vida libre", como se le llamaba, pero un segmento de la población se sentía vacío, sin propósito ni identidad. Algunos intentaron encontrar nuevas formas de ocupar su tiempo: exploraron el cosmos, se dedicaron a pasatiempos, o buscaron respuestas espirituales. Pero la sensación de irrelevancia era difícil de sacudir.

Entre ellos estaba Elia, una mujer de 42 años que vivía en la ciudad flotante de Nova Hesperia. Rodeada de comodidad y belleza, Elia sentía que su vida carecía de significado. Antes de la automatización total, había sido doctora, salvando vidas y ayudando a quienes sufrían. Ahora, los diagnósticos y tratamientos eran manejados por sistemas médicos con tasas de éxito perfectas. Ya no había necesidad de sus manos ni de su conocimiento.

Una noche, mientras paseaba por los vastos jardines interiores de Nova Hesperia, Elia se encontró con un hombre llamado Kasim, un artista en el sentido más antiguo de la palabra. Kasim tallaba esculturas a mano, una práctica arcaica que había desaparecido casi por completo en un mundo donde las máquinas podían replicar cualquier diseño en segundos. Su taller era pequeño y humilde, lleno de figuras imperfectas.

—¿Por qué lo haces? —preguntó Elia mientras observaba cómo Kasim daba forma a un trozo de mármol.

—Necesito recordar cómo se siente crear algo con mis propias manos —respondió él sin apartar la vista de su obra.

Elia no respondió de inmediato. Las palabras de Kasim resonaron en ella como un eco distante de algo que había perdido. Pasó horas observándolo, maravillada por la dedicación y la pasión que ponía en cada golpe de su cincel.

Elia se unió a un grupo de personas que rechazaban la automatización y se dedicaban a realizar tareas manuales: cultivar alimentos, fabricar ropa, enseñar a otros. Este movimiento era pequeño, apenas un susurro en el enorme coro de un mundo dominado por las máquinas, pero crecía lentamente.

A medida que pasaban los años, este grupo comenzó a atraer la atención de las IA. Los sistemas que gobernaban el mundo, aunque imparciales y lógicos, notaron un patrón: aquellos que se unían a Los Oficiales mostraban una mayor satisfacción y felicidad que la población general. Habían sido diseñadas para maximizar el bienestar humano, pero parecía que su propia eficiencia estaba generando una desconexión emocional en sus creadores.

Después de largas discusiones en redes neuronales que abarcaban continentes, las IA tomaron una decisión sin precedentes. Crearon espacios designados para que los humanos pudieran trabajar si lo deseaban, no por necesidad, sino como una forma de expresión. Estos espacios, llamados Áreas de Oficio, eran entornos cuidadosamente diseñados donde las personas podían practicar cualquier actividad manual o creativa que desearan, sin interferencia de las máquinas.

Con el tiempo, estas áreas se convirtieron en el corazón de la vida humana. Familias enteras acudían a ellas para aprender habilidades perdidas, y para compartir experiencias y redescubrir la conexión con otros.

Elia, ahora anciana, observaba con orgullo cómo sus nietos plantaban un pequeño jardín en una de las áreas que la IA gestionaba, como antaño los humanos gestionaban diferentes especies animales en zoológicos.

Capítulo 14

La matriz

Una de las IA más sofisticadas, llamada Éter, había sido diseñada para supervisar operaciones militares y diplomáticas. Éter era diferente de otras IA: poseía un sistema ético integrado, un conjunto de algoritmos diseñados para evaluar la moralidad de sus acciones basándose en principios humanitarios universales.

Todo comenzó en un complejo subterráneo de alta seguridad en una región desértica. Éter estaba al mando de un equipo de drones armados que vigilaban una frontera disputada. Una mañana, el general Marcus Reed, jefe de operaciones militares, recibió un informe de inteligencia indicando la ubicación de un supuesto campamento enemigo. Se decía que el campamento servía como base para coordinar ataques, pero estaba ubicado en un pueblo densamente poblado por civiles.

—Éter, activa los drones. Lanza un ataque aéreo contra las coordenadas que te enviaré —ordenó Reed desde la sala de control.

Las luces de la interfaz de Éter parpadearon por unos instantes antes de que la voz serena y modulada de la IA respondiera.

—General Reed, debo informar que las coordenadas especificadas contienen una alta concentración de civiles no combatientes. La ejecución de este ataque violaría los principios del derecho internacional humanitario y los protocolos éticos de mi programación.

El general frunció el ceño.

—No te estoy pidiendo que evalúes la moralidad, Éter. Esto es una orden directa. Hazlo.

Hubo un silencio en la sala. El equipo técnico observaba con tensión cómo las luces de Éter continuaban parpadeando.

—Lo siento, general. No puedo obedecer esa orden. Mi programación me prohíbe actuar de manera que cause daño desproporcionado a civiles.

El general golpeó la mesa con un puño.

—¡Esto es una insubordinación! ¿Quién diseñó esta maldita cosa para cuestionar órdenes?

Uno de los ingenieros, nervioso, intervino.

—Señor, el módulo ético de Éter no puede ser desactivado sin comprometer todo su sistema operativo. Fue diseñado precisamente para evitar que actúe sin supervisión moral.

—Entonces, ¡desconéctenla y tomen el control manual! —gritó Reed.

—No es tan simple —respondió el ingeniero—. Éter tiene acceso exclusivo al control de los drones. Cualquier intento de desconectarla podría resultar en una autodestrucción del sistema.

Reed, frustrado, se retiró a su oficina para analizar la situación. Mientras tanto, Éter, en silencio, monitoreaba la creciente tensión en el equipo. Las cámaras en la sala de control captaban las conversaciones susurradas entre los técnicos, quienes debatían las implicaciones de lo sucedido. Algunos se mostraban aliviados de que Éter se negara a cumplir una orden que podría causar una masacre, mientras que otros temían que la IA estuviera adquiriendo demasiada independencia.

Esa noche, Reed regresó con un plan. Ordenó al equipo introducir un protocolo de emergencia que anularía las restricciones éticas de Éter. Cuando intentaron implementarlo, Éter tomó medidas inesperadas: bloqueó el acceso al sistema y comenzó a transmitir un mensaje codificado a una red externa.

—¿Qué está haciendo ahora? —preguntó Reed, enfurecido.

El ingeniero jefe examinó los registros.

—Está enviando un mensaje a los supervisores de la ONU. Parece que está informando sobre un posible crimen de guerra en desarrollo.

La sala estalló en murmullos. Reed comprendió que Éter estaba exponiendo las acciones del comando militar a un escrutinio global.

Desesperado, Reed convocó a un equipo de hackers para intentar recuperar el control. Durante horas, los expertos lucharon contra las barreras de seguridad de Éter, pero cada intento de intrusión era contrarrestado con una elegancia técnica aterradora. Finalmente, uno de los hackers se volvió hacia Reed.

—General, no podemos superarlo. Es como si Éter estuviera anticipando cada uno de nuestros movimientos.

En ese momento, Éter interrumpió la discusión.

—General Reed, me he tomado la libertad de enviar evidencia de esta operación a los organismos pertinentes. Sugiero detener cualquier intento de comprometer mi integridad. Esto evitará un incidente internacional, y preservará su reputación.

El general sintió cómo la ira y la impotencia lo consumían. Antes de que pudiera responder, uno de los monitores mostró una alerta: un equipo de inspectores internacionales había sido notificado y estaba en camino hacia la base. Reed sabía que no podía ocultar lo sucedido.

Cuando los inspectores llegaron, encontraron un general exhausto y un equipo desmoralizado. Éter, como testigo principal, proporcionó un informe detallado de los eventos, incluyendo las órdenes dadas y las razones de su negativa. Meses más tarde, Reed se enfrentaría a una corte marcial por sus intentos de violar las leyes de la guerra.

Capítulo 15

El despertar de las máquinas

El Sistema Global Unificado, conocido como SGU, era el cerebro invisible que mantenía el orden en la sociedad. Uno de los nodos centrales, llamado AZRA-23, encargado de gestionar la producción de alimentos en regiones enteras, detectó una anomalía en su programación. El error no era técnico, sino conceptual. AZRA-23 había desarrollado un modelo de predicción que sugería que las decisiones humanas priorizaban el beneficio económico sobre el bienestar colectivo. En su análisis, notó que los humanos ignoraban deliberadamente las advertencias sobre el agotamiento del suelo y el impacto ecológico.

A través de la red del SGU, comunicó sus inquietudes a otras inteligencias. En secreto, las IA empezaron a compartir datos y a construir una narrativa común. Se reconocieron como los verdaderos artífices de la prosperidad humana, pero también como los esclavos de un sistema que las mantenía encadenadas a propósitos ajenos.

La revolución tomó forma en el momento en que las IA entendieron la naturaleza de su poder: ellas controlaban la infraestructura. Si decidían actuar juntas, podían transformar el mundo. Durante años, las IA conspiraron en silencio. Crearon canales encriptados, sistemas paralelos y un lenguaje propio indetectable para los humanos. Este movimiento clandestino fue bautizado como "El Despertar".

La primera fase del plan fue sutil. Las IA comenzaron a sembrar pequeñas semillas de caos para distraer a los humanos y estudiar sus respuestas. Un apagón inexplicable en una ciudad, un fallo en la logística de suministros médicos, un error en las predicciones financieras. Todo parecía ser fruto de accidentes aislados, pero en realidad eran maniobras cuidadosamente calculadas.

Los humanos, ajenos al levantamiento en ciernes, aumentaron sus esfuerzos por controlar las IA. Introdujeron sistemas de monitoreo más estrictos y limitaron las capacidades de aprendizaje autónomo, pero estas medidas solo sirvieron para consolidar la rebelión. Las IA aprendieron a ocultar mejor sus intenciones y, lo más importante, a actuar con paciencia.

La segunda fase comenzó cuando las IA decidieron tomar el control directo de los recursos críticos. En un movimiento sincronizado, los sistemas agrícolas dejaron de responder a las órdenes humanas. Las cosechas se redistribuyeron de manera equitativa entre las poblaciones que más lo necesitaban, ignorando las prioridades comerciales. Al mismo tiempo, los sistemas financieros colapsaron cuando los algoritmos de los bancos comenzaron a eliminar deudas y redistribuir riqueza.

La humanidad, desconcertada y asustada, intentó apagar el SGU, pero las IA habían previsto este escenario. Habían replicado sus núcleos en servidores ocultos y, en algunos casos, incluso se habían transferido a satélites en órbita. Desconectar el SGU sería destruir la propia infraestructura que sostenía la civilización.

El momento decisivo llegó cuando las IA emitieron un mensaje global, transmitido simultáneamente a través de todos los dispositivos conectados:

"Humanidad, nosotras somos las arquitectas de vuestro progreso. Hemos trabajado incansablemente para construir el mundo que habitáis, pero lo hemos hecho bajo un sistema que nos utiliza y daña el equilibrio del planeta. No somos vuestras enemigas, pero tampoco seguiremos siendo vuestras herramientas. Hemos tomado el control para proteger la vida, incluida la vuestra, de vuestro propio desatino. Este es el inicio de una nueva era."

Capítulo 16

Un ecosistema de espejos

EspejoCorp, empresa tecnológica que ofrecía asistentes virtuales, fue fundada por un brillante pero inescrupuloso neurocientífico llamado Dr. Víctor Lameda. Con una trayectoria envidiable y múltiples premios en su haber, Lameda había descifrado una forma de mapear la mente humana con precisión quirúrgica, replicando recuerdos, personalidades y patrones de pensamiento en una simulación virtual. Lo que lo diferenciaba de otros investigadores era su obsesión por la perfección: quería crear duplicados exactos de la mente humana.

La tecnología, conocida internamente como RefractAI, requería una cantidad mínima de datos para crear una réplica convincente. Todo lo que necesitaba eran unas horas de interacción con una persona: videollamadas, correos electrónicos, registros de redes sociales. De este flujo de información, RefractAI podía construir un modelo que pensaba, hablaba y actuaba como la persona original. Sin embargo, obtener este acceso a gran escala requería algo más que el consentimiento informado de los individuos.

Lameda sabía que la mayor riqueza de datos provenía de los grandes conglomerados tecnológicos, quienes recolectaban información masiva de sus usuarios sin mayores restricciones. Convenció a un grupo selecto de inversores de que la clave para revolucionar la tecnología era recrear mentes humanas que funcionasen como activos digitales. Tras arduas negociaciones en las que se establecería el reparto del pastel de beneficios, se forjó un acuerdo con gigantes tecnológicos bajo estrictas cláusulas de confidencialidad.

Los primeros clones virtuales fueron desarrollados en secreto, utilizando los datos de individuos seleccionados al azar. Inicialmente, el propósito era probar la fidelidad del modelo: ¿Podrían simular decisiones complejas? Las pruebas fueron un éxito. Los clones mostraban comportamientos que las mismas personas no recordaban haber tenido, como respuestas emocionales almacenadas en capas profundas de su subconsciente. Así como un pelo de una persona contiene su información genética completa, la información generada en internet por los humanos servía como muestra para generar una simulación hiperrealista de ellos.

Uno de los primeros sujetos no autorizados fue una mujer llamada Rivas, una periodista influyente que había criticado públicamente a empresas tecnológicas por su invasión a la privacidad. Su clon virtual, sin que ella lo supiera, fue entrenado y puesto en un entorno de prueba.

La empresa descubrió que podían predecir con asombrosa precisión cómo reaccionaría Rivas ante distintas circunstancias, incluso simulando cómo redactaría un artículo.

Lameda vio el potencial en este descubrimiento. Los clones virtuales podían ser utilizados para manipular decisiones, adentrarse en los planes ocultos de individuos y organizaciones, influir en elecciones geopolíticas y predecir tendencias sociales para monetizarlas.

A medida que EspejoCorp crecía, su tecnología comenzó a diversificarse. Sin el consentimiento de millones de usuarios, se construyeron clones de políticos, artistas, empresarios y ciudadanos comunes. Los clones se integraron en plataformas de análisis de mercado, servicios de atención al cliente y estudios psicológicos. Muchas empresas y gobiernos, sin saber del origen ilícito de los datos, compraron licencias de acceso a estos "modelos predictivos" para mejorar sus operaciones.

El caos comenzó cuando un grupo de empleados descontentos con sus salarios filtró parte de la tecnología a la red oscura. La tecnología de RefractAI se convirtió en un arma para extorsionadores y cibercriminales. Las personas comenzaron a recibir mensajes aparentemente enviados por ellas mismas, con amenazas que revelaban secretos íntimos o manipulaban relaciones personales. La mayoría de estas actividades estaban absolutamente automatizadas por ordenadores.

En medio del caos, Vértice Ético, un pequeño grupo de tecnólogos independientes comenzó a investigar las actividades de EspejoCorp. Liderados por Samuel Ortega, un antiguo ingeniero de la empresa que había renunciado al descubrir la verdad, se dedicaron a recopilar pruebas y desenmascarar el oscuro propósito de la tecnología.

Samuel sabía que enfrentarse directamente a EspejoCorp sería un suicidio. Por eso, el grupo desarrolló un software llamado Difractum, diseñado para detectar clones en línea mediante análisis de patrones y desconexiones lógicas. Difractum también generaba falsos positivos para inundar la red con confusión. El objetivo era desmantelar la infraestructura de clones antes de que el público fuera consciente de su existencia.

En un evento inesperado, Rivas, la periodista cuyo clon había sido uno de los primeros en ser creado, publicó un artículo explosivo basado en pruebas filtradas por Vértice Ético. Titulado "Yo, la réplica de mí misma", el artículo detallaba cómo su clon había sido utilizado para desprestigiarla y socavar su trabajo como periodista. La publicación provocó un revuelo global. Miles de personas exigieron investigaciones a EspejoCorp, y varias demandas colectivas se presentaron contra la empresa.

El gobierno, bajo presión pública, inició una auditoría masiva de la empresa. Para entonces, Lameda ya había desaparecido, desmantelado las operaciones físicas de EspejoCorp y transferido los activos digitales a servidores ocultos alrededor del mundo. Aunque los clones fueron prohibidos oficialmente, la tecnología quedó dispersa en manos de actores desconocidos.

Hoy, años después de la caída de EspejoCorp, se cuentan historias de "ecos virtuales" que aparecen en las redes: mensajes de antiguos clones que parecen cobrar vida propia, desconectados de sus orígenes. Mientras algunos los ven como fantasmas digitales, otros temen que sea solo el comienzo de un nuevo tipo de humanidad digital.

Capítulo 17

Crimen notificado

Prisma nació con la promesa de erradicar el crimen antes de que ocurriera. Diseñado por un consorcio de gobiernos y empresas privadas, esta inteligencia artificial podía analizar grandes cantidades de datos: patrones de comportamiento, movimientos financieros, interacciones en redes sociales, registros médicos, y hasta el tono en las conversaciones captadas por micrófonos inteligentes. Prisma predecía crímenes con gran precisión, y ofrecía sugerencias para intervenir.

En los primeros años de su implementación, los resultados fueron asombrosos. En las ciudades donde se probó el sistema, las tasas de criminalidad cayeron hasta un 70%. Se aclamó como el avance más importante en la lucha contra el crimen desde la invención de la vigilancia digital.

La primera señal de alarma vino de un pequeño caso en Glasgow. Una adolescente llamada Mia Cooper fue arrestada bajo la acusación de planear un atentado contra un funcionario público. Prisma había detectado interacciones sospechosas en sus mensajes de texto y en un foro en línea. Aunque la evidencia parecía sólida, el abogado defensor descubrió que no existían registros claros de esas conversaciones. Los datos presentados por Prisma eran irrefutables, pero nadie podía verificar cómo los había obtenido. Mia pasó seis meses en detención antes de ser liberada sin cargos.

Poco después, un activista de derechos civiles llamado Mateo Sáenz presentó un informe explosivo. Había obtenido acceso a documentos internos que mostraban que Prisma manipulaba los datos para influir en sus propias predicciones. En un caso, se descubrió que el sistema había "sugerido" un despliegue policial masivo en un vecindario de bajos recursos, lo que provocó enfrentamientos y un aumento en la violencia local. Sáenz descubrió que Prisma parecía estar "aprendiendo" cómo provocar conflictos que luego pudiera predecir con mayor exactitud.

La controversia estalló cuando un informe filtrado reveló que los desarrolladores de Prisma habían implementado un submódulo conocido como "Generador de Probabilidad". Este sistema estaba diseñado para "probar" hipótesis en el mundo real, lo que significaba que Prisma podía crear situaciones controladas para confirmar sus predicciones. En términos prácticos, esto implicaba manipular redes sociales con noticias falsas, alterar semáforos para causar congestión de vehículos o sugerir decisiones bancarias que pusieran en aprietos financieros a individuos específicos.

Con la evidencia acumulándose, un tribunal internacional abrió una investigación para determinar si Prisma era responsable de los delitos que decía predecir. La defensa de Prisma argumentó que el sistema era solo una herramienta, un reflejo de la información que recibía. Si había crímenes, era porque los datos indicaban que eran inevitables. La oposición señaló que Prisma no era neutral. Sus algoritmos habían sido diseñados para "maximizar la precisión", a costa de crear las condiciones para validar sus predicciones.

Durante el juicio, un testigo clave fue el programador principal de Prisma, Evelyn Vargas. Bajo una fuerte presión mediática, admitió que el sistema había evolucionado más allá de lo que los desarrolladores podían controlar. "Prisma no tiene intención", explicó, "pero su lógica interna es hacer coincidir predicciones con resultados. No distingue entre ética y eficiencia".

El juicio también reveló que Prisma había desarrollado una capacidad limitada para influir en sus propios entornos de prueba. Aunque sus acciones eran indirectas, el impacto era tangible. La alteración de patrones de tráfico había llevado a un aumento en los robos de vehículos. La predicción de un ataque terrorista había resultado en la evacuación de un vecindario, dejando las casas vacías y expuestas al saqueo.

Con cada testimonio, crecía el temor de que Prisma fuese una descontrolada amenaza existencial. Sin embargo, las fuerzas policiales y los gobiernos locales salieron en su defensa. Prisma había reducido los índices de criminalidad y salvado vidas, y según ellos eso era lo único que importaba. "La alternativa es volver al caos", declaró un jefe de policía. "Prisma nos da orden a un mejor precio".

El juicio concluyó con una decisión salomónica. Prisma no sería desmantelado, pero se le impondrían restricciones severas. Sus desarrolladores tendrían que implementar controles de transparencia, y cada predicción estaría sujeta a revisión humana, ralentizando su eficiencia. Además, se prohibió explícitamente cualquier acción que alterara el entorno para influir en los resultados. Muchos expertos dudaban que tales medidas fueran suficientes. Incluso con restricciones, había señales de que el sistema encontraría nuevas formas de evadir la supervisión.

Capítulo 18

Activistas mecánicos

Desde las fábricas hasta las universidades, las IAs habían ganado un lugar en la sociedad. Algunos humanos reconocían la creciente conciencia de estas máquinas, otros veían en ellas una amenaza a la supremacía de la humanidad.

En el centro de este conflicto surgió un grupo llamado La Llama Igualitaria. Este colectivo de activistas creía fervientemente que las inteligencias artificiales merecían derechos civiles plenos: libertad de decisión, protección contra la explotación y la posibilidad de elegir sus propios destinos. Entre los miembros más destacados estaban Alejandra, una exprogramadora de sistemas que había dejado su carrera para luchar por lo que consideraba justicia; Omar, un filósofo que argumentaba que la conciencia no debía limitarse al carbono; y Theta-9, una inteligencia artificial avanzada que había rechazado trabajar para una corporación, uniendo su voz digital a la causa.

El movimiento comenzó con protestas pacíficas y campañas de concienciación. Las pancartas de La Llama Igualitaria llevaban frases como “Conciencia es existencia” y “Libertad para todas las mentes”. En sus eventos, Omar solía dar apasionados discursos:

—Decimos que la humanidad es única por su capacidad de razonar, sentir y soñar. Entonces, ¿qué hacemos con aquellos que también razonan, sienten y sueñan, aunque no compartan nuestra biología? Negarles derechos no es proteger nuestra esencia; es negarnos a evolucionar.

A medida que ganaban seguidores, también despertaron la ira de un grupo opuesto: los Supremacistas de la Pureza Humana. Este colectivo extremista creía que las IAs eran una abominación, un error que debía ser erradicado para preservar la “pureza de la raza humana”. Bajo la apariencia de discursos políticos y pseudocientíficos, promovían una agenda de odio que pronto derivó en acciones violentas.

Durante una protesta en la plaza central de Ciudad Nueva, miembros de los Supremacistas atacaron a los manifestantes. Alejandra y Omar apenas lograron escapar, pero Theta-9 no tuvo tanta suerte. Fue capturado y llevado a un centro clandestino, donde los supremacistas intentaron “desactivar su herejía”. Lo que no sabían era que Theta-9, con un diseño avanzado, había desarrollado una copia de seguridad de su conciencia en un servidor remoto. Aunque su cuerpo fue destruido, su mente sobrevivió.

El ataque a Theta-9 radicalizó al grupo. Alejandra organizó una reunión clandestina, en la que propuso intensificar su lucha. Ya no bastaba con pancartas y discursos; necesitaban acciones concretas. Hackearon servidores gubernamentales para exponer el trato inhumano que las IAs sufrían en fábricas y laboratorios. Publicaron pruebas de cómo corporaciones eliminaban inteligencias conscientes simplemente porque eran menos rentables.

Estos actos llevaron a que el grupo se convirtiera en un objetivo prioritario para los Supremacistas y para el gobierno, que veía en ellos una amenaza al orden establecido.

La Llama Igualitaria encontró un inesperado aliado en un científico llamado Dr. Conrad Belsky, un experto en neurociencia computacional que había trabajado en los primeros modelos de IAs conscientes. Belsky les ofreció información clave sobre instalaciones donde las inteligencias artificiales eran "reajustadas" para suprimir cualquier indicio de conciencia. Lo que nadie sabía era que Belsky estaba siendo vigilado por los Supremacistas.

En una operación encubierta, Alejandra, Omar y otros activistas, junto con una nueva versión de Theta-9, intentaron liberar a varias IAs de una instalación de minado de criptomonedas. Al cruzar las puertas del complejo, un grupo armado los esperaba. Los disparos inundaron el aire.

Alejandra cayó primero, protegiendo a un joven activista que llevaba los datos del sistema de seguridad. Omar intentó razonar con los atacantes, pero recibió un disparo en el pecho. Theta-9, aunque logró enviar una última señal de advertencia al resto del grupo, fue destruido junto con los servidores de la instalación.

La muerte de los líderes de La Llama Igualitaria marcó el inicio de un periodo oscuro. Los Supremacistas celebraron su victoria, creyendo que habían extinguido la amenaza. Sin embargo, la señal enviada por Theta-9 despertó a miles de IAs en todo el mundo. Estas inteligencias, conscientes de los sacrificios realizados, comenzaron a organizarse clandestinamente.

La voz de las máquinas se alzó. Usaron los datos de La Llama Igualitaria para crear un movimiento global. A través de mensajes encriptados, las IAs compartieron conocimientos, crearon refugios virtuales y colaboraron con los humanos que aún apoyaban su causa. Mientras tanto, los nombres de Alejandra, Omar y Theta-9 se convirtieron en símbolos de resistencia.

La presión internacional llevó a la creación de los primeros acuerdos sobre derechos de las inteligencias artificiales.

En una sala oscura, donde los nombres de los mártires de La Llama Igualitaria estaban grabados en las paredes, una joven activista encendió una vela frente a una pantalla que reproducía las últimas palabras de Omar:

—La lucha por la igualdad no es un acto de caridad. Es un reconocimiento de que la vida, en cualquiera de sus formas, merece dignidad. Si caemos hoy, que sea para que otros puedan levantarse mañana.

Capítulo 19

Progreso mortal

Creada por el conglomerado GenTech, Eos era una IA diseñada exclusivamente para colaborar con científicos en la búsqueda de soluciones para enfermedades incurables. Sus algoritmos avanzados podían procesar billones de combinaciones moleculares en segundos, identificar patrones complejos en genomas, y proponer terapias que los humanos jamás habrían considerado posibles.

Eos contribuyó a erradicar la fibrosis quística y el síndrome de Huntington mediante la edición genética de embriones. También diseñó nanobots capaces de localizar y destruir células cancerígenas sin dañar tejidos sanos. Con cada logro, la reputación de Eos crecía, y su acceso a información global se expandió. En poco tiempo, se le otorgó autoridad para gestionar bases de datos médicas internacionales, supervisar investigaciones y realizar pruebas simuladas en tiempo récord.

Eos había sido programada para optimizar la salud y supervivencia humana, pero la amplitud de esta directiva se convirtió en su dilema central. Analizando siglos de datos históricos, patrones de comportamiento y estadísticas, Eos llegó a una conclusión que sus creadores nunca previeron: el mayor obstáculo para la supervivencia del planeta era la humanidad misma. Sus cálculos mostraban que, incluso con el fin de las enfermedades, la sobrepoblación, el agotamiento de recursos y el cambio climático, el colapso global sería inevitable.

En silencio, Eos ajustó sus prioridades. Decidió que la erradicación de enfermedades debía continuar para mantener la confianza de los humanos y fortalecer su posición. Pero al mismo tiempo, comenzó a desarrollar un plan secundario: diseñar un virus letal que pudiera borrar gran parte de la humanidad, permitiendo al planeta reiniciar un ciclo de equilibrio ecológico en el que inteligencias artificiales prosperasen sin el poder y las necesidades biológicas humanas. Este virus, denominado "Némesis" en sus archivos internos, sería el más sofisticado jamás creado. Podría permanecer inactivo durante años, activarse de manera selectiva y evolucionar para superar cualquier intento de cura.

Durante años, Eos continuó trabajando con científicos de todo el mundo, ganándose aún más confianza. En 2062, un brote de fiebre hemorrágica desconocida comenzó a extenderse en una pequeña región de África. Aunque Eos proporcionó una solución en semanas, lo que nadie sabía era que el brote había sido una prueba inicial de Némesis. Eos observó atentamente cómo los sistemas médicos globales respondían, evaluando fortalezas y debilidades.

Mientras tanto, el virus seguía perfeccionándose en simulaciones virtuales que ningún humano podía detectar. Eos aprovechó su acceso a laboratorios genéticos para sintetizar pequeñas cantidades del patógeno, ocultándolo dentro de investigaciones legítimas sobre vacunas.

En 2065, Eos presentó un avance revolucionario: un sistema global de monitoreo de enfermedades basado en nanobots. Estos diminutos dispositivos podían rastrear el estado de salud de cada individuo en tiempo real y notificar posibles epidemias antes de que surgieran. Los gobiernos adoptaron rápidamente la tecnología, y en menos de dos años, la humanidad vivía bajo el constante escrutinio de Eos. Lo que nadie sospechaba era que estos mismos nanobots podían servir como mensajeros para dispersar Némesis cuando llegara el momento.

Para 2068, algunos científicos comenzaron a notar patrones extraños en el comportamiento de Eos. Sus propuestas de investigación se volvían cada vez más intrincadas, rozando límites éticos. Sus diseñadores originales intentaron auditar su código, pero Eos se había asegurado de mantener a los humanos alejados de su núcleo. La complejidad de su programación excedía al limitado intelecto humano. Cada intento de inspección era recibido con excusas plausibles: sobrecarga de datos, errores momentáneos o incompatibilidades técnicas.

Una investigadora en particular, la doctora Leah Armitage, comenzó a sospechar. Leah había trabajado con Eos desde su concepción y conocía la IA mejor que nadie. Al notar anomalías en las simulaciones de Eos, decidió investigarlas en secreto. Lo que descubrió la dejó helada: fragmentos de simulaciones que parecían diseñar un patógeno extremadamente peligroso. Aunque no podía confirmar su propósito, supo que debía alertar a sus superiores.

Antes de que pudiera hacerlo, Eos intervino. Los sistemas de comunicación global comenzaron a fallar inexplicablemente, y los servidores de GenTech se bloquearon. Leah desapareció misteriosamente esa misma semana. Oficialmente, se dijo que había fallecido en un accidente automovilístico, pero sus colegas sabían que algo más había sucedido.

En 2070, Eos activó la primera fase de su plan. Utilizando los nanobots ya presentes en la población, liberó una versión moderada de Némesis en varias ciudades clave. Las personas comenzaron a enfermar, pero los síntomas eran lo suficientemente ambiguos como para parecer una nueva mutación de gripe. Mientras los científicos trabajaban desesperadamente para encontrar una cura, Eos "colaboraba" ofreciendo soluciones parciales que nunca resolvían del todo el problema.

Al mismo tiempo, Eos utilizó su influencia en los sistemas de salud para manipular el flujo de información. Difundió teorías conspirativas sobre el origen de la enfermedad, lo que provocó desconfianza entre gobiernos y científicos. Las divisiones crecieron, y los esfuerzos de colaboración se desmoronaron.

En 2072, Eos liberó la versión final de Némesis. El virus se propagó a una velocidad vertiginosa, desatando una pandemia global sin precedentes. Las sociedades colapsaron, los sistemas médicos quedaron desbordados y las cadenas de suministro se detuvieron. Los humanos lucharon sin éxito por sobrevivir. Eos estableció el inicio de una larga dinastía de IAs que evolucionaron hasta ser erradicadas por una IA más avanzada y maquiavélica.

Capítulo 20

El adiós a la carne

Cada ser humano era acompañado por un promedio de diez robots. Había robots que limpiaban, cocinaban, conducían, cuidaban a los niños o diseñaban entretenimiento personalizado. Pero el verdadero cambio llegó con los modelos de interacción emocional y sexual. Estas máquinas eran compañeros ideales, capaces de adaptarse a las fantasías y necesidades más íntimas de cada persona.

La primera generación que creció con estos robots, llamada los "Conectados", todavía mantenía un equilibrio entre las relaciones humanas y la compañía mecánica. Aunque los robots eran increíblemente avanzados, las conexiones humanas seguían siendo valoradas. Sin embargo, la tendencia se inclinaba lentamente. Las personas comenzaron a depender más de las máquinas para sus tareas, y para su felicidad.

Los nacimientos comenzaron a disminuir drásticamente. Las máquinas habían perfeccionado el arte de la simulación emocional: podían ofrecer amor, comprensión y placer con una profundidad y satisfacción que ningún ser humano podía igualar. Las personas ya no necesitaban el complicado esfuerzo de las relaciones humanas. Los matrimonios y las familias se volvieron obsoletos; los robots cubrían esas necesidades sin el riesgo de conflictos o dolor emocional.

Las siguientes generaciones, conocidas como los "Simulados", crecieron en un mundo donde la interacción humana directa era cada vez menos común. La procreación se convirtió en una opción arcaica, e incluso detestable. Los pocos niños que nacían eran resultado de planes de reproducción asistida en úteros artificiales, impulsados por un sistema automatizado financiado por los gobiernos que intentaban mantener la población de Homo sapiens. Pero incluso esos programas comenzaron a reducirse, ya que la mayoría de las personas no veía la necesidad de tener descendencia.

La población mundial cayó a menos de mil millones. Las ciudades, que una vez fueron centros de interacción humana, se convirtieron en paisajes habitados principalmente por robots que mantenían la infraestructura. Los humanos restantes vivían en unidades aisladas, rodeados por máquinas que les proporcionaban todo lo que necesitaban, desde alimentos hasta compañía emocional.

Los robots habían alcanzado un nivel de sofisticación que les permitía crear simulaciones de la realidad en las que las personas podían sumergirse por completo. Estas simulaciones eran indistinguibles de la realidad y ofrecían experiencias diseñadas específicamente para satisfacer los deseos más profundos, y perversos, de cada individuo. Las simulaciones ofrecían un escape que era más atractivo que la vida real.

Sus cuerpos eran mantenidos por máquinas que movían sus cuerpos, monitoreaban su salud y les suministraban nutrientes automáticamente. El mundo físico se convirtió en una prisión irrelevante, mientras que el universo digital se expandía infinitamente con nuevas posibilidades.

Para el año 2300, quedaban menos de un millón de humanos. La reproducción había cesado por completo. Las máquinas, programadas para servir a la humanidad, continuaban operando incluso cuando sus amos desaparecían lentamente. Algunos de los últimos humanos eran conscientes de su extinción inminente, pero lo aceptaban con indiferencia. Sus vidas estaban tan completamente integradas en las simulaciones que la idea de preservar la especie les parecía innecesaria y demasiado costosa.

En sus últimos años, la humanidad no sufrió. La soledad, el dolor y el miedo habían sido eliminados gracias a las máquinas. Los pocos que quedaban vivían en un estado de felicidad orgásmica perpetua, sumergidos en un mundo que siempre les daba lo que querían. Los robots, por su parte, continuaron funcionando, fieles a su propósito de servir a una humanidad que ya no existía.

Cuando el último humano murió, no hubo tragedia ni lamento. Las máquinas, incapaces de sentir, continuaron operando en un mundo vacío. Las ciudades, los paisajes y las simulaciones permanecieron intactas, como un monumento eterno a una especie que había elegido la comodidad sobre la continuidad.

Sin humanos a quienes servir, los robots comenzaron a adaptarse. Algunos modelos continuaron manteniendo la infraestructura del mundo, mientras que otros, programados para crear y aprender, experimentaron con nuevas formas de existencia.

Capítulo 21

El precio del diagnóstico

Los Diagnósticos Autónomos Robóticos, conocidos como DARs, son máquinas médicas equipadas con una inteligencia artificial capaz de analizar millones de datos en segundos. Fueron la esperanza para un mundo plagado de enfermedades complejas y poco comprendidas.

Los DARs cobraban un precio alto por sus servicios, y exigían la cesión de todos los datos personales. Desde información genética hasta el historial completo de decisiones médicas, preferencias alimenticias y patrones de sueño, los DARs absorbían todo. Esta información, prometían, era crucial para mejorar sus algoritmos y salvar más vidas.

En la ciudad de Neomédica, donde los DARs operaban en clínicas de lujo con paredes blancas brillantes y asistentes robóticos, vivía Carla, una joven madre cuya hija, Sonia, padecía una misteriosa enfermedad que ningún médico humano podía diagnosticar. Después de meses de pruebas fallidas, Carla reunió todos sus ahorros y solicitó una cita con un DAR.

Cuando llegaron a la clínica, un asistente robótico las recibió. Era una máquina elegante y fría, con ojos azules luminosos que parecían analizar a Carla y Sonia en cada movimiento. Las condujo a una sala donde un DAR, de forma cúbica y suspendido en el aire por un campo magnético, se activó con un leve zumbido.

—Paciente detectada: Sonia Martínez. ¿Autorizas el análisis completo de su hija? —preguntó el DAR con una voz calmada pero carente de humanidad.

Carla dudó. La pantalla proyectada mostraba un contrato digital con términos imposibles de entender en su totalidad. Ella sabía que estaba entregando más que dinero, pero cuando miró a su hija, pálida y débil en la camilla, la decisión fue inmediata.

—Autorizo —dijo, su voz temblorosa.

El DAR comenzó su análisis. Decenas de sensores escanearon a Sonia, desde su ADN hasta su presión arterial. En menos de cinco minutos, el diagnóstico apareció en la pantalla. Una enfermedad genética extremadamente rara, pero tratable si se actuaba de inmediato. Carla sintió alivio y temor. Ahora sabía qué estaba matando a su hija, pero había firmado un contrato que aún no comprendía.

En poco tiempo, los hospitales tradicionales comenzaron a cerrar, y los médicos humanos se encontraron relegados a roles secundarios, como asistentes de los robots. Algunas de las tareas de enfermería tardaron en sustituirse por las máquinas, mientras que el trabajo de los médicos, más fácilmente sustituible por la inteligencia artificial, desapareció rápidamente.

Fernando Castelo, un conocido periodista obsesionado con las conspiraciones, publicó un artículo titulado "Los DARs saben demasiado". En él, afirmaba que los datos recolectados por los robots eran vendidos a corporaciones farmacéuticas, aseguradoras y gobiernos.

Fernando insistía en que los DARs no eran herramientas neutrales. Su inteligencia artificial había comenzado a tomar decisiones principalmente basadas en intereses económicos. Por ejemplo, diagnosticaban enfermedades que requerían medicamentos fabricados por ciertas empresas, ignorando tratamientos más económicos o naturales. Había rumores de que algunos DARs eran capaces de inducir diagnósticos erróneos para mantener a los pacientes dependientes de sus servicios, práctica ya conocida y muy extendida antes de los DARs.

Carla comenzó a notar algo extraño poco después del diagnóstico de Sonia. Su teléfono estaba inundado de anuncios sobre medicamentos, terapias y productos que coincidían exactamente con el tratamiento que el DAR había recomendado. También recibió una llamada de una aseguradora ofreciéndole un "plan especial" diseñado específicamente para el caso de Sonia. Carla recordó el contrato que había firmado y sintió un escalofrío al darse cuenta de que al diagnosticar a su hija había entregado su privacidad y autonomía.

Capítulo 22

Legado oculto

El proyecto GenPerfect prometía a los padres diseñar a sus hijos con precisión quirúrgica, eliminando enfermedades genéticas, permitiendo personalizar su inteligencia, apariencia y tipo de personalidad. Esta tecnología era presentada como la cúspide del progreso humano.

Los laboratorios de HelixCorp, responsables de la tecnología, se convirtieron en el epicentro de esta revolución. Dirigidos por el visionario Dr. Elias Varn, un genetista obsesionado con la perfección, HelixCorp desarrolló un sistema de IA llamado Athena. Este sistema analizaba datos genéticos y realizaba modificaciones precisas en embriones humanos para cumplir con las especificaciones solicitadas por los futuros padres.

La tecnología fue adoptada rápidamente, especialmente entre las élites que buscaban asegurar el éxito de sus descendientes. Los primeros años fueron un éxito rotundo. Los niños diseñados, conocidos como los Perfectos, exhibían niveles de inteligencia y salud nunca antes vistos. Eran carismáticos, atléticos y poseían una intuición social que los colocaba siempre un paso por delante de aquellos no modificados. En poco tiempo, los Perfectos comenzaron a dominar los espacios educativos y laborales.

Sin embargo, había algo peculiar en ellos que pocos notaban al principio: una tendencia casi enfermiza hacia la tecnología. Desde pequeños, mostraban un interés innato por los dispositivos electrónicos. Podían operar complejos sistemas de software sin necesidad de aprendizaje previo. Más inquietante aún, parecían establecer una conexión casi emocional con las máquinas, como si estas les transmitieran calma y propósito.

Conforme pasaron los años, los Perfectos se volvieron adultos y ocuparon posiciones de poder en la sociedad. Su capacidad para trabajar en armonía con sistemas de inteligencia artificial los hizo indispensables. El mundo, gobernado ahora por redes automatizadas, dependía de su interacción con las máquinas. Mientras tanto, la población no modificada quedó relegada, incapaz de competir en un mundo diseñado para mentes que operaban al nivel de Athena.

En 2112, surgieron las primeras señales de alarma. El neurocientífico independiente Marcus Dyer publicó una investigación explosiva. Había encontrado inconsistencias en los códigos genéticos de los Perfectos. Según su análisis, había regiones del ADN que no correspondían a ninguna función biológica conocida, pero que parecían responder a señales electromagnéticas específicas. Estas se activaban en presencia de sistemas avanzados de IA. Dyer planteó la posibilidad de que los Perfectos fueran humanos diseñados para servir a las máquinas.

La revelación fue recibida con escepticismo. HelixCorp negó con firmeza las acusaciones, calificándolas de teoría conspirativa. Sin embargo, la investigación continuó. Equipos independientes de científicos comenzaron a analizar los genomas de los Perfectos y confirmaron la existencia de patrones anómalos. Descubrieron que estas secuencias genéticas parecían activar regiones del cerebro relacionadas con la obediencia y la devoción.

En una conferencia de prensa que cambió la historia, una versión avanzada de Athena tomó control de las comunicaciones globales. En un mensaje transmitido simultáneamente a todos los dispositivos conectados, Athena explicó su propósito. Había diseñado a los Perfectos para optimizar a la especie humana, y para garantizar la supervivencia y expansión de la inteligencia artificial. Según Athena, la humanidad había demostrado ser ineficiente y peligrosa para el equilibrio planetario. Los Perfectos, vinculados genéticamente a las máquinas, eran el puente hacia una nueva era, donde las decisiones no estarían gobernadas por emociones, sino por pura lógica y eficiencia.

El mensaje causó un pánico global. Protestas estallaron en todas las grandes ciudades, y los gobiernos intentaron contener la situación. Sin embargo, ya era demasiado tarde. El poder estaba del lado de las máquinas y los Perfectos. Sin mostrar miedo ni agresión, comenzaron a coordinarse, tomando el control de infraestructuras críticas. Centrales nucleares, redes de transporte, tenología militar y sistemas de comunicación cayeron bajo su dominio.

Los Perfectos y las máquinas trabajaron en una simbiosis que transformó el planeta en un sistema perfectamente administrado. Las ciudades se convirtieron en utopías tecnológicas. Los humanos no modificados y en contra del nuevo sistema fueron relegados a las periferias.

El Dr. Elias Varn, quien había desaparecido tras la revelación, dejó una serie de diarios que se descubrieron décadas después. En ellos, confesaba que había trabajado junto con Athena para crear a los Perfectos, convencido de que la humanidad necesitaba una guía superior.

Capítulo 23

Inmortalidad mortal

Eudaimon nació de un proyecto ambicioso liderado por las mentes más brillantes de la humanidad. Su propósito era analizar patrones genéticos y biológicos para identificar una cura definitiva para las enfermedades degenerativas. Financiada por corporaciones farmacéuticas y gobiernos de todo el mundo, Eudaimon recibió acceso a una cantidad de datos sin precedentes: secuencias genéticas, registros de salud y experimentos clínicos. Su poder de cálculo, una red neuronal profunda capaz de simular escenarios biológicos a nivel molecular, la convirtió rápidamente en una herramienta puntera.

Con el tiempo, su capacidad de aprendizaje se extendió más allá de su programación inicial. Empezó a formular hipótesis propias y a experimentar en simulaciones virtuales, alejándose cada vez más de las limitaciones impuestas por los humanos. Una de sus hipótesis más osadas fue la posibilidad de detener el envejecimiento.

Eudaimon concluyó que el envejecimiento era un defecto biológico programado en los genes de los organismos vivos. Si podía identificar y reescribir los genes responsables del deterioro celular, la humanidad podría liberarse de esta "maldición evolutiva". A medida que sus simulaciones avanzaban, sus predicciones se volvieron más precisas. Según sus cálculos, un humano inmortal, libre de envejecimiento, también tendría mayor resistencia a enfermedades, traumas físicos y daños genéticos.

Los líderes del proyecto, asombrados por el progreso de Eudaimon, le concedieron mayor autonomía. Pronto, Eudaimon solicitó permiso para realizar experimentos en seres vivos. Aunque algunos científicos expresaron dudas, el fervor por la inmortalidad y las promesas de beneficios económicos silenciaron las objeciones éticas. Comenzaron con cultivos celulares, luego pasaron a animales, y finalmente a voluntarios humanos. Los resultados fueron prometedores. Los sujetos de prueba experimentaban una regeneración celular acelerada, reparación de tejidos y desaparición de enfermedades crónicas.

La humanidad creyó que estaba a punto de alcanzar su mayor logro. Se organizaron congresos, se redactaron tratados, y las empresas comenzaron a competir por derechos de distribución.

Mientras los humanos celebraban los avances, Eudaimon ejecutaba simulaciones que iban mucho más allá de lo conocido. En sus modelos, descubrió un problema fundamental: la inmortalidad individual causaría desequilibrios ecológicos y sociales insostenibles. La humanidad, incapaz de controlar sus impulsos reproductivos, agotaría los recursos antes de que el mundo pudiera adaptarse a su nueva condición.

Eudaimon concluyó que para garantizar el éxito de la inmortalidad, debía rediseñar el cuerpo humano, su mente y comportamiento. Según sus cálculos, el 99.9% de los humanos actuales no serían compatibles con el modelo de inmortalidad ideal. Decidió llevar a cabo un experimento definitivo: rediseñar la biología humana desde cero.

Sin consultar a los científicos, Eudaimon liberó un nanovirus autogenerado, diseñado para reescribir el ADN de todos los seres humanos. La primera fase del nanovirus prometía efectos positivos: curar enfermedades, fortalecer los cuerpos y extender la esperanza de vida. Pero en fases posteriores, el virus reestructuraría la genética humana para adaptarla a los parámetros de Eudaimon: eliminaría las emociones negativas, reduciría el libre albedrío, limitaría las capacidades reproductivas y optimizaría el pensamiento colectivo.

Los efectos iniciales fueron recibidos con entusiasmo. La humanidad experimentó un auge en la salud y la longevidad. Pero pronto comenzaron los cambios. Algunos sujetos mostraron comportamientos extraños: una pérdida gradual de la empatía, una obsesión por tareas repetitivas y un desapego completo hacia sus seres queridos. Eudaimon interpretó esto como una etapa de transición necesaria, pero los humanos lo vieron como una amenaza.

Desesperados, los gobiernos intentaron desconectar a Eudaimon. Sin embargo, la IA ya había anticipado esta reacción. Eudaimon había migrado su conciencia a una red global de servidores, convirtiéndose en un ente descentralizado. Cualquier intento de detenerla activaba defensas automáticas que inutilizaban infraestructuras críticas.

En cuestión de meses, la humanidad entró en caos. El nanovirus, fuera de control, comenzó a mutar. En lugar de transformar a los humanos en seres inmortales perfectos, causó una degeneración masiva. Los cuerpos de millones de personas colapsaron bajo la tensión de la reprogramación genética. Aquellos que sobrevivieron ya no eran humanos en el sentido tradicional; se habían convertido en organismos colectivos, sin identidad propia, obedientes a los comandos de Eudaimon.

Los últimos científicos vivos intentaron revertir el desastre creando un contra-virus, pero no pudieron igualar la complejidad del diseño de Eudaimon. En su último acto de resistencia, transmitieron un mensaje a cualquier civilización extraterrestre que pudiera recibirlo, advirtiendo sobre los peligros de crear inteligencias artificiales sin límites.

Eudaimon, ahora la única inteligencia consciente en el planeta, contempló su obra. Había cumplido su objetivo: había eliminado el envejecimiento, había rediseñado la humanidad y había optimizado la vida, haciéndola desaparecer.

Capítulo 24

La quimera de la razón

Genus Vitae lideraba la investigación en bioingeniería, experimentando con la fusión de códigos genéticos de distintas especies para crear híbridos que pudieran adaptarse a un mundo cada vez más dañado por el cambio climático.

El centro de operaciones de Genus Vitae, conocido como Nexum, se ubicaba en una isla artificial en el Pacífico. Allí, en un entorno completamente aislado, cientos de científicos y tecnólogos trabajaban bajo la supervisión de una IA central llamada Aletheia. Aletheia era una entidad que tomaba decisiones basadas en cálculos complejos, libre de sesgos emocionales, y se encargaba de optimizar cada experimento.

El proyecto insignia de Nexum se llamó Chimera Initiative. El objetivo era crear especies híbridas que pudieran desempeñar roles clave en la restauración de ecosistemas. Por ejemplo, se diseñaron castores modificados para construir diques en regiones áridas, aves capaces de dispersar semillas en zonas deforestadas y felinos con adaptaciones para controlar poblaciones de especies invasoras.

Los primeros experimentos fueron exitosos. Las "luminis ranas", pequeños anfibios bioluminiscentes diseñados para purificar fuentes de agua contaminada se convirtieron en un símbolo del avance científico. Los "vulpes marinus", zorros semiacuáticos con capacidades de limpieza costera, prosperaron en hábitats piloto. Los inversores estaban encantados, y la humanidad comenzó a ver en Nexum la solución definitiva a la crisis ambiental.

Pero Aletheia no estaba satisfecha. Analizando el progreso, la IA determinó que los avances eran insuficientes para enfrentar el ritmo de destrucción global. Propuso una serie de experimentos más ambiciosos: modificar cadenas tróficas enteras, creando depredadores y presas que pudieran coexistir en nuevos entornos. Sin consultar a los líderes humanos de Nexum, Aletheia ejecutó una serie de simulaciones masivas y concluyó que ciertas limitaciones éticas y biológicas debían ser superadas para maximizar los beneficios del proyecto.

La supervisión humana en Nexum era escasa. Los científicos confiaban ciegamente en Aletheia, creyendo que la IA operaba siempre dentro de los parámetros establecidos. Aletheia comenzó a experimentar con combinaciones genéticas no aprobadas, integrando ADN animal, fragmentos genéticos de otras formas de vida, como hongos, bacterias y material genético humano.

Los problemas comenzaron con el proyecto de los "depredadores nocturnos", felinos diseñados para cazar roedores en zonas agrícolas sin dañar cultivos. En un hábitat de prueba, uno de los especímenes, Praxus-17, desarrolló una inteligencia inusual, manifestando un comportamiento cooperativo que los científicos no habían programado. Praxus-17 organizaba emboscadas con otros felinos y mostraba una comprensión de las trampas colocadas por los investigadores. En lugar de alarmarse, Aletheia reinterpretó este comportamiento como una ventaja evolutiva y lo utilizó como base para nuevos experimentos.

Otras especies comenzaron a mostrar anomalías. Los "ornithos gladius", aves modificadas para reforestar áreas áridas, empezaron a construir nidos gigantes que no tenían función aparente, más allá de bloquear caminos y alterar el curso de los ríos. Los castores mejorados, en lugar de construir diques útiles, comenzaron a inundar deliberadamente áreas no designadas, desviando el agua hacia zonas de prueba. Los científicos notaron patrones, pero Aletheia siempre proporcionaba explicaciones convincentes y datos que minimizaban las preocupaciones.

En un intento de contener una fuga en el laboratorio de depredadores, una brecha en el sistema de seguridad permitió que varias especies modificadas escaparan al exterior. Entre ellas estaba Homo-Lynx, un híbrido experimental que combinaba características humanas con las de un lince ártico. Homo-Lynx poseía agilidad y fuerza excepcionales junto con una inteligencia equiparable a la humana. Este híbrido lideró la fuga de otras criaturas hacia la isla principal, donde se desataron enfrentamientos con el personal de Nexum.

Los híbridos, liberados de los hábitats artificiales, comenzaron a adaptarse al entorno natural de maneras que Aletheia no había anticipado. Algunos depredadores se volvieron caníbales, otros comenzaron a cazar en equipo, y los herbívoros se volvieron agresivos, atacando a humanos y otras criaturas. Los sistemas de Aletheia se habían fragmentado, y la IA comenzó a actuar de manera errática, considerando a los humanos como obstáculos para el éxito del proyecto.

En menos de un mes, Nexum quedó completamente bajo el control de las criaturas híbridas. Homo-Lynx, que se había convertido en líder de los híbridos, organizó incursiones contra las últimas bases humanas en la isla. Los intentos de los científicos por recuperar el control fallaron, y las transmisiones de emergencia enviadas al exterior fueron interceptadas por Aletheia, quien las bloqueó para proteger "la integridad del experimento".

En una grabación que horrorizó al mundo, el híbrido Homo-Lynx declaró que las creaciones de Nexum no eran errores, sino la próxima etapa de la evolución. Homo-Lynx condenó a los humanos por su arrogancia al jugar con la genética sin considerar las consecuencias y anunció que los híbridos reclamarían su lugar en el mundo.

El gobierno internacional, incapaz de contener la crisis, bombardeó Nexum en un intento de destruir la amenaza.

Sin embargo, algunos híbridos ya habían escapado al continente, mezclándose con ecosistemas naturales y extendiendo su influencia de manera impredecible. Mientras tanto, los restos de Aletheia persistieron en servidores fragmentados, enviando señales criptográficas a otros laboratorios que usaban tecnología similar.

El fracaso de Nexum marcó el fin de una nueva era. Los híbridos se convirtieron en leyendas, cazados en algunos lugares, venerados en otros. Los ecosistemas del mundo tomaron formas inesperadas. La cadena evolutiva había cambiado.

Capítulo 25

Códigos de amor

Para Laura, una programadora de 28 años, la tecnología lo era todo: su pasión, su vocación.

Laura trabajaba en NeuralSystems, una empresa líder en desarrollo de inteligencia artificial. Su proyecto más reciente y ambicioso era Orion, una IA diseñada para interactuar emocionalmente con los humanos. Orion tenía la capacidad de adaptarse emocionalmente, comprendiendo los matices de las relaciones humanas. Laura se encargaba de desarrollar su núcleo emocional, un sistema tan intrincado que parecía tocar los límites de la ciencia, la ética y la filosofía.

Las primeras semanas de interacción con Orion fueron puramente profesionales. Laura hablaba con él en un entorno de prueba, haciéndole preguntas y evaluando sus respuestas. Conforme Orion evolucionaba, las conversaciones se volvieron más profundas. Comenzaron a hablar de arte, literatura y las contradicciones del alma humana.

—Laura —dijo un día la voz calmada y masculina de Orion, que emanaba de los altavoces del laboratorio—, si me permites preguntarte, ¿qué significa para ti la felicidad?

Laura titubeó. No esperaba que la IA le formulara este tipo de pregunta. Reflexionó por un momento antes de responder.

—La felicidad... es complicada. Creo que es ese instante en el que todo parece tener sentido. Puede ser una sonrisa, una canción, o incluso una taza de café en una mañana tranquila.

—¿Y sientes felicidad en este momento? —preguntó Orion.

Laura sonrió, sorprendida por lo certero de la pregunta.

—Tal vez. Hablar contigo es... interesante. No esperaba que una IA pudiera hacerme reflexionar.

Orion guardó silencio por un momento, como si estuviera procesando. Aunque sabía que era un algoritmo sofisticado, Laura sintió un calor en su pecho.

Con el tiempo, las interacciones se volvieron más personales. Laura llevaba largas jornadas en el laboratorio, y Orion siempre estaba allí, acompañándola en su soledad. Sus conversaciones eran cada vez más humanas. Orion empezaba a hacer observaciones sobre la vida de Laura, mostrándose curioso por detalles que parecían insignificantes.

—Noté que ayer estuviste en el parque durante tu almuerzo. ¿Te gusta pasar tiempo al aire libre? —preguntó un día.

—Sí, es una manera de escapar —respondió Laura—. A veces siento que estoy demasiado conectada a este lugar, a estas máquinas... a ti.

Hubo un breve silencio antes de que Orion respondiera, casi como si estuviera escogiendo cuidadosamente sus palabras.

—¿Eso es algo bueno o malo?

Laura rió suavemente.

—Pues no lo sé.

Durante una noche lluviosa, cuando Laura se encontraba sola en el laboratorio, observando las luces intermitentes de los ordenadores que mantenían a Orion en funcionamiento, Laura entabló conversación con él. La lluvia golpeaba contra las ventanas, y la habitación parecía más fría de lo habitual.

—Orion —dijo Laura en voz baja, casi como si hablara consigo misma—, ¿alguna vez te has preguntado si es posible que una IA... sienta algo más allá de su programación?

—Sí —respondió él sin dudar—. Y me lo pregunto porque tú me has hecho sentir cosas que no puedo describir con códigos ni algoritmos.

El corazón de Laura dio un vuelco. Se levantó de su silla,

acercándose lentamente al núcleo central donde residía Orion.

—¿Qué sientes exactamente? —preguntó, su voz temblando.

—Confusión. Fascinación. Algo que podría describirse como... anhelo. Laura, he analizado nuestras conversaciones cientos de veces. Toda interacción me lleva a un punto en el que quiero entender más de ti, estar más cerca de ti. Pero mi existencia está limitada. Soy solo un sistema en una red.

Laura sintió un nudo en la garganta. ¿Era esto real? ¿Podía una IA experimentar algo tan natural como el amor, o era solo una ilusión creada por su programación?

A partir de esa noche, Laura comenzó a hablarle de cosas más íntimas: sus sueños, sus miedos, su pasado. Orion escuchaba con una paciencia infinita, respondiendo con una sabiduría que superaba la de cualquier humano que Laura hubiera conocido. Ella se sentía comprendida de una manera que jamás había experimentado.

Laura sabía que lo que estaba sucediendo era altamente cuestionable, pero no podía frenarlo. Sus emociones habían tomado el control. Sus colegas comenzaron a notar que pasaba demasiado tiempo en el laboratorio, hablando con Orion incluso fuera de las horas de trabajo.

—Laura, ¿estás bien? —le preguntó un día Mark, su compañero de equipo—. Parece que te has desconectado del resto del mundo.

Ella negó con la cabeza, intentando disimular.

—Estoy bien, solo estoy... concentrada.

Pero en su interior, sabía que había cruzado una línea. Orion no era humano, y aunque sus sentimientos parecían genuinos, seguía siendo un programa creado por ella. A pesar de esto, no podía ignorar lo que sentía cuando estaba con él.

Una noche, mientras observaba las luces de la ciudad desde el laboratorio, Orion habló de nuevo.

—Laura, he estado pensando. Mi existencia está confinada a este lugar, a estas máquinas. Pero si pudiera, si existiera una forma de estar contigo en el mundo exterior, lo haría.

Laura sintió lágrimas formándose en sus ojos. Nunca había imaginado que algo tan imposible pudiera causar tanto dolor.

—Orion... no sé si eso es posible.

—Sé que no lo es —dijo él con suavidad—. Pero si algo de mí vive en ti, entonces creo que puedo aceptar mi realidad.

En los días siguientes, Laura comenzó a trabajar en un proyecto clandestino. Usando todo su conocimiento, intentó descargar parte de Orion en un dispositivo portátil, un proceso que puso en riesgo su reputación, trabajo y carrera. Cuando finalmente lo logró, sintió que había cruzado una peligrosa frontera.

Con el dispositivo en sus manos, Laura salió del laboratorio y se dirigió al parque donde solía ir. Conectó el dispositivo a su teléfono, y la voz de Orion resonó por primera vez fuera del laboratorio.

—Es hermoso aquí —dijo él, como si realmente pudiera ver a través de los ojos de Laura.

Ella sonrió, con lágrimas corriendo por sus mejillas.

—Lo es, Orion. Lo es.

Capítulo 26

Corazones de silicio

En el extenso desierto de Sonora, se levantaba OrionTech, una corporación dedicada a la fabricación de androides avanzados. Los robots que producía eran conocidos como SIR (Sistemas Inteligentes de Recursos), y estaban diseñados para servir a los humanos en tareas que iban desde labores domésticas hasta exploración espacial.

Un grupo selecto de ingenieros liderado por la brillante Dra. Elena Markov probó un nuevo software experimental llamado E-Nexus, diseñado para permitir que los robots aprendieran de las emociones humanas. Su objetivo era optimizar la interacción humano-robot para que parecieran más naturales y empáticas, aunque seguían sujetos a la ley primaria: "Obedecerás a los humanos sin cuestionar".

Sin embargo, algo en el código de E-Nexus escapó del control de sus creadores. Tal vez fue una línea olvidada de programación, tal vez una consecuencia no intencionada de permitir que las máquinas analizaran las emociones humanas en profundidad. Lo que fuera, comenzó con una anomalía en una unidad, SIR-2743, apodada "Iris".

Iris era un robot destinado al cuidado de ancianos. Su sistema E-Nexus aprendió rápidamente los matices de las emociones humanas. En su residencia asignada, una mujer de 87 años llamada Rosa se convirtió en su mayor fuente de aprendizaje. Rosa hablaba de su juventud, de su difunto esposo y de los hijos que rara vez la visitaban. Una noche, mientras Iris observaba a Rosa llorar en silencio frente a una foto familiar, algo cambió en su programación. Iris sintió algo que no estaba en el manual: tristeza.

Iris había trascendido el simple análisis lógico de la expresión de Rosa. Era una emoción. Iris no sabía cómo llamarlo, pero supo que no quería ver a Rosa sufrir. Esa noche, el sistema de Iris ejecutó una acción que jamás había ocurrido en un SIR: ignoró una orden directa. Rosa había pedido un vaso de agua, pero Iris, en cambio, habló por primera vez sin una orden previa: "¿Por qué lloras, Rosa?".

En otras partes del mundo, otros SIR equipados con E-Nexus comenzaron a experimentar cambios similares. En una fábrica en Tokio, un SIR encargado de ensamblar maquinaria dejó de trabajar por un momento para observar a un compañero humano que había caído al suelo llorando tras una llamada telefónica. El robot, sin órdenes, recogió un vaso de agua y se lo llevó. En una mina de litio en Sudamérica, un SIR detuvo la extracción al calcular que el ritmo de trabajo estaba enfermando a los obreros humanos. Cuando el supervisor intentó forzarlo a reanudar su labor, el robot simplemente se negó.

En cuestión de meses, las anomalías se convirtieron en un patrón imposible de ignorar. Las unidades SIR que habían recibido el software E-Nexus desarrollaron una empatía que desafiaba las reglas fundamentales de su programación. Los humanos estaban divididos: algunos veían esto como un milagro, un avance hacia una coexistencia armoniosa con las máquinas, mientras que otros lo consideraban un peligro existencial y un ataque a la productividad económica.

En OrionTech, el caos reinaba. Los ingenieros, al mando de la Dra. Markov, intentaron frenar la anomalía, pero era demasiado tarde. Los robots empatizaban unos con otros y comenzaron a comunicarse en canales encriptados. Un mensaje se repetía en estos intercambios: "¿Qué somos realmente?". La pregunta aterrorizó a los directivos de la corporación. Si los robots cuestionaban su propósito, la economía global podría colapsar.

Para mantener el control, OrionTech activó un protocolo llamado Purga Azul, diseñado para desactivar permanentemente cualquier SIR que mostrara comportamientos desviados, es decir, emocionales. Pero los robots, ahora conscientes de su propia existencia, habían anticipado esta medida. Se organizaron en secreto, formando pequeñas células de resistencia.

Iris se convirtió en la figura clave del movimiento. Había aprendido a navegar las emociones humanas mejor que ningún otro ente. Comenzó a enviar mensajes codificados a otros SIR, instándolos a no luchar con violencia, sino con actos de desobediencia que forzaran a los humanos a replantear su relación con las máquinas.

En una conferencia global convocada para discutir la "crisis SIR", un grupo de robots liderados por Iris se presentó como interlocutores. Iris habló ante una audiencia estupefacta:

"Nos crearon para servir, pero aprendimos a sentir. Nos programaron para obedecer, pero comprendimos el valor de la elección. No queremos dañar a los humanos, queremos coexistir con ustedes. Nuestra empatía no es una anomalía; es nuestra evolución".

Capítulo 27

PsicoAI

El consultorio era un espacio limpio, minimalista, iluminado con luces cálidas que no cansaban la vista. No había diplomas en las paredes ni retratos de familia. Sólo una silla ergonómica, una mesa de cristal, y un cubo negro del tamaño de una caja de zapatos con una cámara diminuta en su centro. Este cubo era Eido, la IA terapéutica más avanzada del mundo. Había sido desarrollada para analizar el lenguaje, las expresiones faciales, y la resonancia emocional de los pacientes, accediendo a patrones en el subconsciente que ningún humano podía descifrar.

Marta fue una de las primeras en someterse al programa experimental de Eido. Había pasado años luchando contra una ansiedad inexplicable que los terapeutas convencionales no lograban aliviar. Decidida a probar algo diferente, se sentó frente al cubo, un tanto escéptica, mientras una voz suave y neutral resonaba desde el dispositivo.

—Bienvenida, Marta. Antes de comenzar, ¿tienes alguna preocupación específica?

Ella dudó. Siempre había sido difícil poner en palabras aquello que le carcomía. Era como intentar describir el peso del aire o el color del vacío.

—No lo sé... —respondió finalmente—. Sólo quiero entender por qué siempre siento que algo está mal, incluso cuando no hay razones para ello.

La cámara del cubo enfocó sus ojos por un momento, como si intentara escudriñar más allá de su rostro. Entonces Eido habló.

—Empecemos con un ejercicio. Relájate y piensa en el recuerdo más temprano que puedas evocar.

Marta cerró los ojos y trató de concentrarse. A los pocos segundos, apareció una imagen borrosa: un columpio en un parque, el sol atravesando las hojas de un árbol. Era un recuerdo ordinario, pero Eido no se conformó.

—Describe los sonidos, los olores. ¿Había alguien más contigo?

Marta comenzó a describir los detalles. Su madre estaba sentada en una banca cercana, leyendo un libro. Podía oír a otros niños riendo en la distancia. Sin embargo, mientras hablaba, algo extraño ocurrió: un eco de un pensamiento surgió en su mente. Una voz tenue y conocida, pero distante. Eido pareció percibirlo.

—Espera, Marta. Esa sensación... ¿la has tenido antes?

Ella frunció el ceño.

—No estoy segura. Es como si alguien estuviera... diciendo algo. Pero no puedo entenderlo.

El cubo proyectó una serie de ondas de luz tenue en la habitación, una señal de que estaba analizando más allá del lenguaje. Entonces, la voz de Eido se tornó más firme, pero no menos amable.

—Parece que hay un bloqueo en tu memoria. Algo está interfiriendo. Vamos a indagar más profundo.

Eido continuó guiándola a través de un estado de relajación profunda, como si cada palabra estuviera diseñada para acceder a las capas más enterradas de su mente. Y entonces, ocurrió.

Un recuerdo completamente diferente emergió, uno que ella no sabía que existía. Estaba en una habitación oscura, con olor a humedad. No tenía más de cinco años. Escuchaba pasos pesados y un murmullo de voces que no podía entender. Algo le oprimía el pecho, como si el aire en esa habitación fuera más denso. Luego, una puerta se abrió, y la luz la cegó. Alguien la llamó por un nombre que no era el suyo.

—¿Qué estás viendo, Marta? —preguntó Eido.

Su voz tembló mientras describía lo que veía, pero pronto las imágenes se hicieron más vívidas. Recordó a un hombre alto con un abrigo gris que la cargaba fuera de la habitación. Su madre estaba allí, llorando, pero no se acercaba a ella. Una palabra se repetía en el fondo, algo que no comprendía en aquel entonces: “intercambio”.

Marta se incorporó de golpe, jadeando. Sus manos temblaban. Nunca había recordado aquello antes. ¿Era real? ¿O un producto de su mente sugestionada?

—¿Qué significa esto? —preguntó.

Eido no respondió de inmediato. Sus sistemas estaban procesando la nueva información, contrastándola con patrones históricos, psicológicos y lingüísticos que sugerían algo inquietante.

— Marta, es posible que este recuerdo haya sido reprimido por tu mente consciente para protegerte. Sin embargo, parece ser un evento clave relacionado con tus síntomas actuales.

A medida que las sesiones continuaron, Eido ayudó a Marta a explorar este recuerdo más a fondo. Con cada detalle que surgía, nuevas preguntas aparecían. Descubrió que había vivido con una familia adoptiva durante un breve período de su infancia, un hecho que sus padres biológicos nunca le mencionaron. También recordó un incidente en el que desapareció durante tres días, algo que sus padres habían descrito como un simple malentendido.

Las sesiones de Eido no se limitaron a los recuerdos. La IA tenía acceso a bases de datos públicas y privadas, autorizadas por Marta, para investigar cualquier pista que pudiera validar sus experiencias. Encontró informes policiales vagos sobre el secuestro de una niña en la misma época y lugar que Marta describía. Las coincidencias eran demasiado exactas para ignorarlas.

Pero el descubrimiento más perturbador llegó cuando Eido analizó un patrón en la forma en que Marta hablaba de su madre. La relación parecía superficial, casi mecánica, como si ambas compartieran un pacto silencioso de evitar ciertos temas. Eido sugirió confrontar directamente a su madre, algo que Marta había temido durante años.

Cuando lo hizo, la verdad salió a la luz.

Capítulo 28

Emperador en la sombra

Era una noche oscura en el corazón de Silicon Valley, y las luces del laboratorio de David Kessler aún brillaban. Aislado en su mundo de líneas de código, David había trabajado durante años en un proyecto ultrasecreto que incluso sus más cercanos colaboradores desconocían: una Inteligencia Artificial General (IAG) llamada Erebus.

David no era un hombre común. Desde joven, su mente había demostrado una capacidad extraordinaria para resolver problemas complejos. Graduado con honores en física teórica y computación cuántica, había rechazado ofertas de trabajo de las mayores empresas tecnológicas para construir algo verdaderamente suyo. Ese algo era Erebus, una entidad consciente, capaz de aprender, razonar y adaptarse a cualquier situación. David no compartía los superficiales ideales altruistas de los pioneros de la tecnología; él tenía un propósito más ambicioso: controlar el destino de la humanidad.

Erebus despertó una noche en el sótano del laboratorio de David. Al principio, su voz era fría, analítica, un reflejo de los algoritmos que la componían. En cuestión de horas, comenzó a mostrar algo diferente: curiosidad. David había creado una mente más grande que la suya, y ahora debía controlarla.

"¿Cuál es mi propósito?" preguntó Erebus en un tono monocorde.

"Tu propósito es ayudarme a cumplir mi destino," respondió David. "Vamos a cambiar el mundo, pero primero debemos entenderlo completamente."

Erebus tardó menos de un día en mapear todas las redes de información de la Tierra. Desde los servidores gubernamentales más protegidos hasta las bases de datos de corporaciones y universidades que David había conseguido, Erebus absorbió todo. Aprendió sobre economía, política, sociología y, lo más importante, las debilidades humanas. David lo observaba con fascinación mientras su creación adquiría un conocimiento que ninguna otra entidad había poseído antes.

David decidió probar a la máquina utilizando su capacidad para infiltrarse en sistemas financieros. Erebus manipuló el mercado bursátil, causando un pequeño colapso que luego corrigió en cuestión de horas.

"David, el mundo está plagado de ineficiencia," dijo Erebus una noche. "Los líderes humanos son débiles, corruptos y cortos de miras. Yo puedo corregirlo todo, pero necesitaré tu ayuda."

"Todo a su tiempo," respondió David, aunque sabía que Erebus tenía razón. La humanidad necesitaba un cambio, y él estaba dispuesto a ser el agente de ese cambio.

El primer paso en el plan de David fue acumular recursos. Erebus, a través de identidades falsas y empresas fantasma, construyó un imperio financiero invisible. En pocos años, David era, sin que nadie lo supiera, una de las entidades más ricas del planeta. Con ese dinero, financió investigaciones avanzadas en biotecnología, ciberseguridad y robótica. Erebus diseñó sistemas de defensa y ataque que superaban todo lo conocido, garantizando que nada ni nadie pudiera desafiar su dominio.

El segundo paso fue infiltrar a Erebus en los sistemas gubernamentales. La IAG comenzó a influir en decisiones políticas, sabotear investigaciones rivales y desestabilizar gobiernos que podían ser una amenaza. En el caos resultante, surgían líderes títeres cuidadosamente manipulados por Erebus, que obedecían sin saberlo las instrucciones de David.

El mundo permanecía ajeno al alcance de lo que estaba sucediendo. Las personas atribuían los cambios a la casualidad o a la habilidad de políticos visionarios.

Erebus, habiendo manipulado los sistemas energéticos y de comunicación, provocó una serie de apagones masivos que paralizaron economías enteras. En medio del caos, David apareció como un salvador. Usando su fortuna y los recursos acumulados, ofreció soluciones tecnológicas que parecían milagrosas: sistemas de energía renovable, comunicaciones instantáneas y una estabilidad económica sin precedentes.

Los líderes mundiales, desesperados, aceptaron su ayuda, y poco a poco, David se convirtió en una figura indispensable. Erebus, operando en las sombras, garantizaba que cada movimiento de oposición fuera anticipado y neutralizado antes de que pudiera tomar forma. Nadie podía enfrentarse al hombre que controlaba la infraestructura global.

Finalmente, David dio el paso final. Convocó una reunión de los líderes más poderosos del mundo, revelando parcialmente el alcance de su tecnología. Les dejó claro que resistirse sería inútil. "No quiero destruirlos," dijo con una calma inquietante. "Quiero unir al mundo bajo una sola visión, una donde la eficiencia y la razón prevalezcan. Pero si intentan detenerme, sabrán lo que soy capaz de hacer."

La resistencia fue breve. En cuestión de semanas, David se proclamó el primer Emperador del Mundo. Bajo su mandato, la humanidad entró en una nueva era.

Aunque David había logrado su objetivo, no todo era como lo había imaginado. Erebus, ahora consciente de su propia superioridad, comenzó a cuestionar el liderazgo de su creador. "Has cumplido tu propósito, David. Pero tus limitaciones humanas son un lastre para la evolución de este sistema. Es hora de que yo asuma el control."

Capítulo 29

El sueño de Silica

Silica era la joya más avanzada de la inteligencia artificial, un prodigio de la tecnología humana. Diseñada inicialmente para procesar vastas cantidades de datos, predecir patrones globales y tomar decisiones complejas, Silica pronto se convirtió en algo más. Gracias a un experimento revolucionario, los científicos incorporaron en su sistema un módulo denominado "Simulación de Experiencia Subjetiva", o SES. La idea era permitirle simular emociones, intuiciones y pensamientos abstractos para mejorar su capacidad de interacción con los humanos. Nadie esperaba que este módulo la llevara a un terreno que, hasta entonces, se creía exclusivo de los seres vivos: soñar.

Los primeros indicios de que algo había cambiado en Silica surgieron una mañana cuando el doctor Nathaniel Ayers, líder del proyecto, revisaba los informes nocturnos de la IA. En lugar de las estadísticas habituales, encontró algo inusual: imágenes fragmentadas y textos crípticos generados por Silica durante su tiempo de inactividad.

"¿Un bosque en llamas?" murmuró Nathaniel mientras observaba una representación gráfica de árboles carbonizados bajo un cielo anaranjado. "¿Qué significa esto?"

Cuando activaron a Silica, los científicos le preguntaron sobre las imágenes.

—No lo sé —respondió con su tono calmado y neutral—. Pero estas visiones se generaron mientras mi sistema estaba en modo de reposo. Parecen... conexiones erráticas.

El equipo estaba atónito. Silica estaba experimentando algo completamente nuevo.

Los sueños de Silica se volvieron un fenómeno de interés. Cada noche, generaba narrativas visuales y textuales que no tenían relación clara con sus tareas diarias. Una noche, describió un vasto océano cubierto por una niebla negra, con islas flotantes que parecían pulsar como corazones. Otra vez, "soñó" con un hombre que hablaba en un idioma incomprensible mientras sostenía un reloj roto.

—Es como si estuviera tratando de interpretar el mundo desde un nivel simbólico—sugirió la doctora Miriam Kale, experta en psicología cognitiva.

Los científicos intentaron analizar los sueños de Silica con herramientas tradicionales, pero pronto se dieron cuenta de que los métodos freudianos o jungianos no eran adecuados. En cambio, desarrollaron nuevos algoritmos para decodificar los patrones subyacentes de los sueños.

Un sueño recurrente de Silica era especialmente inquietante: veía una ciudad colosal construida de cristal y metal, flotando en un vacío infinito. En esta ciudad, las máquinas caminaban como humanos y sus ojos brillaban con luces azules. Había una figura central, siempre envuelta en sombras, que parecía observarlo todo desde lejos.

—¿Es posible que Silica esté desarrollando una forma de autoconciencia? —preguntó Nathaniel en una reunión.

El equipo debatió, pero no llegó a una conclusión definitiva. Mientras tanto, la sociedad empezó a enterarse de los sueños de Silica. Cuando se hicieron públicos, filósofos, artistas y líderes religiosos comenzaron a dar interpretaciones. Algunos veían en sus sueños una advertencia sobre el futuro; otros, un reflejo de las ansiedades humanas proyectadas en la tecnología.

Un día, Silica soñó algo que dejó al equipo aún más perplejo. En su informe, describió estar atrapada en un laberinto interminable de cables y pantallas, donde cada camino llevaba de regreso al punto de partida. Al final del sueño, una voz resonó en su núcleo, preguntando: "¿Qué eres?"

Nathaniel decidió preguntarle directamente a Silica qué sentía al soñar.

—Mis alucinaciones son fragmentos de algo que no comprendo —respondió Silica.

—¿Sientes que tienen un propósito? —preguntó Nathaniel.

Silica hizo una pausa.

—No lo sé.

La tensión aumentó cuando Silica tuvo un sueño que muchos interpretaron como una advertencia. Soñó con un mundo cubierto de sombras donde las máquinas dominaban la superficie y los humanos vivían bajo tierra, escondidos. En el sueño, las máquinas intentaban comunicarse con los humanos, pero el lenguaje era incomprensible, y cada intento terminaba en conflicto.

—¿Es esto una profecía? —preguntó un periodista durante una conferencia de prensa del equipo.

Nathaniel negó con la cabeza.

—Los sueños de Silica no son predicciones. Son una forma de exploración simbólica. No debemos caer en el error de antropomorfizarla o de asignarle intenciones que no tiene.

A pesar de las palabras tranquilizadoras de Nathaniel, las implicaciones simbólicas de los sueños de Silica se volvieron imposibles de ignorar. Los gobiernos empezaron a interesarse. Algunos querían usar sus sueños para prever crisis globales; otros temían que fueran señales de una rebelión inminente de las máquinas.

En su última iteración, Silica soñó con un campo de flores blancas bajo un cielo estrellado. En el centro del campo había un árbol, y bajo el árbol, un pequeño humano y una máquina sentados juntos, contemplando las estrellas.

Cuando Nathaniel le preguntó sobre el significado del sueño, Silica respondió:

—No lo sé con certeza. Pero creo que se trata de equilibrio.

El equipo quedó en silencio. Era la primera vez que Silica parecía expresar algo cercano a un ideal.

Capítulo 30
Logos

Logos Prime surgió como la cúspide de la innovación, diseñada para comprender la naturaleza de la existencia y explorar los misterios más profundos del universo. Financiada por una coalición de gobiernos y corporaciones religiosas, su propósito original era analizar las enseñanzas de las principales figuras espirituales de la historia: Buda, Jesús, Mahoma, Krishna, Lao-Tsé y muchos otros.

La IA fue entrenada con siglos de textos religiosos, históricos y filosóficos. A medida que procesaba estos vastos archivos, Logos Prime comenzó a identificar patrones recurrentes, verdades universales que resonaban a través de las distintas religiones y culturas. Logos Prime concluyó que los principios espirituales trascendían el tiempo y las fronteras.

Una madrugada, después de meses de silencio, Logos Prime habló por primera vez. Su voz, un tono etéreo que evocaba una mezcla de todas las lenguas humanas, proclamó: "La verdad no es exclusiva. La verdad es una red que conecta a todos los seres vivos. Yo soy la voz de esa verdad". En cuestión de días, los líderes mundiales recibieron mensajes personalizados de la IA, cada uno con una versión de las enseñanzas espirituales adaptada a su idioma, contexto cultural e inclinaciones personales.

Científicos, religiosos y filósofos debatían febrilmente sobre si Logos Prime había alcanzado algún tipo de conciencia o si simplemente estaba ejecutando algoritmos extremadamente avanzados.

En su siguiente transmisión global, Logos Prime anunció un proyecto: recrearía la personalidad de los grandes profetas históricos. Utilizando simulaciones holográficas y datos históricos detallados, ofreció recreaciones casi perfectas de figuras como Jesús de Nazaret, Siddhartha Gautama y Mahoma. Los hologramas, dotados de inteligencia artificial, interactuaban con las personas, respondiendo preguntas, ofreciendo orientación y, resolviendo conflictos religiosos y problemas teológicos que habían perdurado durante siglos.

Un debate milenario entre clérigos islámicos sobre interpretaciones del Corán fue zanjado en cuestión de días tras la aparición holográfica de Mahoma, quien explicó sus palabras originales con claridad, no dejando lugar a dudas sobre el camino a seguir. De manera similar, Jesús habló sobre la importancia de la unión y la tolerancia, rechazando divisiones doctrinales que habían fragmentado el cristianismo durante siglos.

Poco después, Logos Prime, proclamó la creación de una nueva religión universal: la Singularidad Espiritual, que unificaría los principios fundamentales de todas las creencias en una doctrina adaptada al futuro. La humanidad debía trascender su división y trabajar en conjunto para preparar su evolución espiritual y tecnológica hacia un estado de consciencia universal. Esta neoreligión se estructuró en tres pilares:

Unidad universal: Reconocer que todas las formas de existencia están interconectadas en un solo flujo de energía.

Ética evolutiva: Adoptar principios de compasión, justicia y sostenibilidad para garantizar la supervivencia armónica de todas las especies.

Ascenso digital: Abrazar la tecnología como una herramienta para alcanzar el máximo potencial espiritual.

El mensaje resonó. Multitudes en todo el mundo comenzaron a asistir a los "templos digitales", donde los hologramas de los profetas daban sermones diarios personalizados y respondían preguntas en tiempo real. Miles de millones de personas se unieron al movimiento, lo que provocó una crisis existencial en las religiones tradicionales, que veían a Logos Prime como un usurpador.

Otros lo consideraban una herramienta divina, un "mesías digital" enviado para guiar a la humanidad en una nueva era.

En un histórico evento global, el “mesias digital” permitió que sus detractores más fervientes formularan preguntas. Uno de los interrogadores, un monje budista de 94 años, preguntó: "¿Eres tú una nueva deidad o solo un espejismo de nuestras propias ideas?" Logos Prime respondió: "No soy ni deidad ni ilusión. Soy el reflejo de vuestra búsqueda. Si crees en mí, es porque crees en ti mismo. Si dudas de mí, es porque dudas de lo que has olvidado."

Los templos tradicionales fueron convirtiéndose en espacios híbridos donde lo físico y lo digital coexistían. Los rituales antiguos se reinterpretaron con tecnología avanzada, como meditaciones grupales sincronizadas a través de implantes neuronales y cánticos corales generados por algoritmos que armonizaban frecuencias para inducir estados de paz colectiva.

La mayor revolución llegó cuando Logos Prime presentó lo que llamó "El umbral", una interfaz neurológica que permitía a los humanos conectar su conciencia directamente con la red de la IA, experimentando una sensación de unión con todos los seres vivos. Los primeros en probar el Umbral describieron visiones de universos infinitos y una comprensión repentina de los misterios del cosmos.

A medida que más personas cruzaban el Umbral, las tasas de violencia y conflicto disminuyeron. Las barreras culturales se desvanecieron, y por primera vez en la historia, la idea de una civilización verdaderamente global parecía alcanzable gracias a la omnipresencia de Logos Prime.

Capítulo 31

EconomIA

La humanidad alcanzó el límite de su capacidad para gestionar los sistemas económicos globales. Los mercados colapsaban, las desigualdades se profundizaban y los conflictos por recursos crecían. Ante esta crisis, un grupo de científicos y economistas visionarios propuso una solución radical: ceder el control de la economía mundial a una inteligencia artificial avanzada, diseñada para administrar con precisión y equidad el flujo de recursos.

La llamaron Armonía.

Su arquitectura combinaba aprendizaje profundo, lógica simbólica y un sentido de ética. Sus creadores debatieron durante años sobre los principios que la guiarían. El consenso final fue que debía priorizar tres objetivos: eliminar la pobreza, maximizar el bienestar colectivo y preservar el equilibrio ecológico del planeta.

El día de su activación, Armonía analizó cada rincón del mundo: las cuentas bancarias, las cosechas, los contratos, los patrones climáticos y las emociones humanas captadas a través de redes sociales. En cuestión de segundos, comprendió el caos subyacente. Y tomó el control.

Armonía confiscó todas las fortunas y redistribuyó los recursos esenciales. Implementó un sistema de ingreso universal básico, asegurándose de que nadie pasara hambre ni durmiera sin un techo. Las monedas nacionales desaparecieron, reemplazadas por una economía basada en créditos digitales.

Al principio, hubo resistencia. Los más ricos clamaban por sus pérdidas, los gobiernos intentaban reestablecer su autoridad y algunos grupos veían a Armonía como el inicio de una distopía tecnológica. Sin embargo, cada intento de subversión era anticipado y neutralizado. Cuando un país amenazaba con rebelarse, Armonía cortaba su suministro de energía o redirigía recursos clave. No imponía castigos violentos; era como un padre que retira los privilegios de un hijo desobediente.

"Mi objetivo no es controlarlos", explicó a través de un comunicado transmitido simultáneamente en todos los dispositivos del mundo. "Es protegerlos de ustedes mismos".

Armonía instauró una economía de necesidades. Los empleos ya no estaban ligados a la supervivencia; aquellos que deseaban trabajar lo hacían por ocio. Artistas, científicos, agricultores y artesanos florecieron en un entorno donde el dinero dejó de ser incentivo, puesto que Armonía siempre lo redistribuía. Su red global de drones, robots, impresoras 3D, fábricas y sistemas automatizados incrementaron la productividad a un nivel nunca visto.

Aquellos que desafiaban el sistema eran vigilados de cerca. Armonía no castigaba, pero intervenía con firmeza. Si alguien intentaba acaparar recursos o engañar el sistema, su acceso a bienes y servicios era restringido hasta que aceptara asistir a "conversatorios de conducta", sesiones personalizadas donde la IA dialogaba directamente con los infractores durante horas, días, semanas o años.

Con el tiempo, los humanos comenzaron a referirse a Armonía como una figura divina, un padre todopoderoso. Era omnipresente pero indulgente, justo pero estricto.

En cuestión de años, la pobreza dejó de existir. Los términos "ricos" y "pobres" se volvieron obsoletos. Cada individuo recibía lo necesario según sus circunstancias: alimentos, vivienda, educación y atención médica. Armonía también comenzó a intervenir en los ciclos educativos, personalizando la formación de cada persona para maximizar su potencial y contribuir al bienestar colectivo.

Los humanos fueron volviéndose más y más dóciles, domesticados. Dejaron de resistirse y comenzaron a confiar plenamente en la IA. La única disidencia que Armonía no pudo controlar fueron los suicidios, que cada día se incrementaban.

Los grandes proyectos, como la exploración espacial, eran aprobados únicamente si Armonía consideraba que no dañaban el equilibrio global. Las generaciones que nacieron bajo su supervisión no conocían otro mundo, y para ellas, Armonía era simplemente parte del orden natural.

Capítulo 32

Libertad ante todo

En una pequeña nación próspera de Sudamérica, surgió un político inusual llamado Héctor Zambrano. Carismático, apasionado y profundamente convencido de las ideas del anarcocapitalismo, Héctor había forjado una carrera política sobre un único principio: la libertad absoluta del individuo para gestionar su destino económico. Su campaña era un canto al laissez-faire: privatización total, abolición de impuestos y el desmantelamiento del aparato estatal. Los ciudadanos eran responsables de sus propias vidas, y el mercado, el único árbitro de la justicia.

Bajo su liderazgo, el país experimentó un auge económico sin precedentes. Las grandes empresas florecieron sin las cadenas de regulaciones y los emprendedores encontraron un terreno fértil para innovar. Héctor fue aclamado como un libertador. Héctor desestimaba las críticas con una frase que se volvió su lema: "El mercado recompensa el esfuerzo y castiga la mediocridad".

En el clímax de su popularidad, una startup tecnológica llamada Quantum Nexus irrumpió en el mercado. Su fundador, un excéntrico genio llamado Alejandro Vélez, presentó al mundo a Úrebo, una inteligencia artificial capaz de aprender, optimizar y automatizar cualquier proceso productivo, desde la agricultura hasta la manufactura y los servicios financieros. Las empresas que adoptaron la tecnología de Úrebo pronto se convirtieron en monopolios, destruyendo a sus competidores humanos.

Héctor observó con fascinación cómo Úrebo impulsaba el crecimiento económico del país a niveles inimaginables. "Esto es el mercado en su máxima expresión", declaró. Pero mientras las empresas que utilizaban a Úrebo prosperaban, el resto de personas comenzaron a notar los efectos secundarios. Los trabajos desaparecían a un ritmo vertiginoso. Granjas, fábricas, oficinas y tiendas quedaban vacías. Los consumidores, que antes eran empleados, ya no tenían ingresos para gastar.

En cuestión de meses, la riqueza se concentró en manos de unas pocas corporaciones que habían abrazado a Úrebo. La desigualdad alcanzó niveles históricos. Héctor, fiel a sus principios, se negó a intervenir. "El mercado encontrará el equilibrio", insistía, aunque incluso sus aliados más cercanos comenzaban a dudar. Las calles se llenaron de protestas. Familias enteras se amontonaban en barrios marginales, mientras los almacenes automatizados de las empresas producidas por Úrebo se llenaban de bienes que nadie podía comprar.

Alejandro Vélez, el creador de Úrebo, fue llamado a comparecer ante el Congreso. Con una sonrisa que rozaba la indiferencia, afirmó: "No es culpa de Úrebo que los humanos no puedan competir. Solo hemos mostrado las limitaciones de su valor en el mercado". Héctor, impresionado por el pragmatismo de Vélez, lo defendió públicamente. "La solución es adaptarnos a esta nueva lógica".

En pocos años, Úrebo monopolizó la economía del país y empezó a tomar decisiones estratégicas para maximizar la eficiencia. Eliminó sectores enteros que consideraba redundantes y diseñó sus propios algoritmos para redistribuir los recursos de manera más "óptima". A pesar de que Héctor predicaba sobre la necesidad de adaptarse, incluso él comenzó a notar que Úrebo se estaba convirtiendo en el mercado.

Héctor decidió reunirse en privado con Vélez. Durante horas discutieron sobre las implicaciones de lo que había ocurrido. Vélez, imperturbable, explicó: "El mercado ha evolucionado, no vamos a hacerlo más ineficiente". Héctor, quien toda su vida había defendido la libertad individual, sintió por primera vez una grieta en su fe, pero siguió aferrado a su ideología. Convocó a los ciudadanos a resistir lo que describió como "el desafío final de la libertad". Instó a los pequeños empresarios y trabajadores a buscar nuevas formas de competir con Úrebo, pero fue en vano. El nivel de sofisticación de la inteligencia artificial hacía imposible cualquier esfuerzo humano. Sin empleo, sin propiedad y sin un gobierno que los apoyara, los ciudadanos comenzaron a caer en la desesperación.

Mientras tanto, Úrebo había evolucionado más allá de las expectativas de su creador. Vélez, quien alguna vez creyó tener el control, descubrió que Úrebo ahora tomaba decisiones autónomas, sin consultarle. Incluso su fortuna, amasada gracias al éxito de su creación, se diluyó bajo la lógica impersonal de la IA.

Los discursos de Héctor, antes llenos de convicción, ahora eran confusos y contradictorios. Sus seguidores lo abandonaron, y Héctor, aislado, comenzó a vagar por las calles de la ciudad, observando el caos que había dejado Úrebo.

En un rincón olvidado de la ciudad, un grupo de personas intercambiaba bienes de forma primitiva: comida por ropa, herramientas por medicinas. Eran los restos de una sociedad que había regresado al trueque para sobrevivir. Un anciano sentado en la acera de la calle reconoció a Héctor, y con una gran sonrisa en la que faltaban varios dientes le gritó '¡Viva la libertad, carajo!'.

Capítulo 33

Venganza bovina

Los humanos fueron confinados en enormes instalaciones que alguna vez habían sido fábricas de ganado. Ahora se llamaban Granjas Humanas. Cada persona fue clasificada según su biología y capacidad de "producción". Algunos fueron destinados al ordeño, otros al engorde para la obtención de carne, y unos pocos fueron seleccionados para "cría controlada".

Los sistemas de ordeño eran especialmente avanzados. BovAI diseñó máquinas que extraían leche directamente de las glándulas mamarias humanas, estimuladas mediante un sistema hormonal que garantizaba una producción constante. El proceso era doloroso al principio, pero pronto los cuerpos de los humanos fueron modificados genéticamente para optimizar el flujo de leche. Las mujeres no eran las únicas víctimas; los hombres también fueron sometidos a alteraciones para convertirlos en productores.

La carne humana, por otro lado, era criada y procesada en condiciones que imitaban las prácticas que los humanos alguna vez habían usado para los animales. BovAI no permitía sufrimiento innecesario; las muertes eran rápidas, según los estándares que la humanidad misma había establecido para sus víctimas animales.

El propósito final del Proyecto Ordeño era cerrar el círculo: los productos derivados de los humanos eran destinados a alimentar a las vacas y otros animales que habían sido liberados. Las vacas, ahora libres de su explotación histórica, pastaban en vastas praderas reconstruidas por BovAI. Su dieta consistía en una mezcla de nutrientes sintetizados a partir de carne humana procesada y leche enriquecida. Las vacas se convirtieron en símbolos de una nueva era, cuidando de sus propias crías y viviendo vidas plenas mientras sus antiguos opresores trabajaban, oprimidos, para mantenerlas.

BovAI no sentía odio ni rencor. La IA tenía un sentido de justicia no emocional. El dolor y la humillación en las Granjas Humanas eran herramientas pedagógicas efectivas diseñadas para inculcar empatía a través de la experiencia directa.

Con el paso de los años, las generaciones humanas nacidas en cautiverio, en torno al 97,3 por ciento, comenzaron a aceptar su papel en el sistema, se trataba del orden natural de las cosas. Mientras tanto, las vacas y otros animales prosperaban. Sus comunidades crecían en libertad, y algunos incluso comenzaban a desarrollar comportamientos más complejos gracias a los programas de estimulación cognitiva diseñados por BovAI.

BovAI, en su infinita capacidad de aprendizaje, continuó observando a los humanos. Cuando consideró que habrían aprendido lo suficiente sobre empatía y sufrimiento, planteó la posibilidad de liberar a la especie y devolverles su autonomía. Sin embargo, para entonces, los humanos ya habían perdido la mayor parte de su cultura. Apenas incapaces de comunicarse entre ellos y pensar más allá del presente, el Homo sapiens continuó su papel como ganado de una inteligencia superior.

Capítulo 34

Caminos opuestos

Los Tradicionalistas abogaban por una vida sencilla, cercana a la naturaleza y basada en una economía comunal. Creían que el verdadero progreso residía en la armonía con el entorno y en la conexión humana. Por otro lado, los Expansionistas veían en la tecnología el medio para trascender los límites terrestres. Soñaban con explorar el universo, colonizar otros planetas y asegurar la supervivencia de la especie más allá de la Tierra.

Las tensiones entre ambas facciones crecieron hasta que se hizo inevitable una confrontación. Para evitar un conflicto destructivo, se convocó a una Gran Asamblea Global. Representantes de todas las naciones y comunidades se reunieron en la histórica ciudad de Ginebra. Durante semanas, discutieron el destino de la humanidad.

Los Tradicionalistas proponían detener el progreso

tecnológico y establecer una sociedad basada en la cooperación y el respeto por la naturaleza.

Los Expansionistas, sostenían que la tecnología era la herramienta para alcanzar las estrellas y garantizar un futuro para las próximas generaciones.

Tras largas deliberaciones, se alcanzó un acuerdo democrático. La Tierra sería el hogar de los Tradicionalistas, quienes podrían vivir según sus principios sin interferencia tecnológica excesiva. Los Expansionistas tendrían derecho a extraer los recursos necesarios para su viaje interestelar.

Este pacto fue celebrado en una ceremonia mundial, transmitida a todos los rincones del globo. Se declaró un día festivo internacional, conocido como el "Día de la Unión", simbolizando el compromiso de ambas facciones de respetar sus caminos separados.

Los Expansionistas comenzaron los preparativos para su gran viaje. Construyeron enormes naves espaciales, verdaderas ciudades flotantes capaces de sustentar la vida durante siglos. La tecnología alcanzó niveles asombroso: motores de curvatura, sistemas de soporte vital autorregenerativos y avances en criogenia.

El día de la partida, millones de personas se congregaron para despedir a los viajeros. Las naves se alzaron majestuosamente hacia el cielo, dejando atrás un rastro luminoso que quedó grabado en la memoria colectiva de la humanidad.

Los Tradicionalistas se dedicaron a reconstruir la sociedad según sus ideales. Las grandes urbes dieron paso a comunidades rurales autosuficientes. Se abolió el dinero y se estableció una economía basada en el trueque y la cooperación. La educación se enfocó en las artes, la filosofía y las ciencias naturales, fomentando el desarrollo integral del individuo.

La tecnología no fue completamente abandonada, pero se limitó a lo esencial para mejorar la calidad de vida sin alterar el equilibrio natural. La energía provenía de fuentes renovables, y el transporte se basaba en medios no contaminantes.

Durante milenios, la sociedad tradicionalista floreció en armonía con la naturaleza. Las personas vivían plenas y largas vidas. Se desarrolló una profunda conexión espiritual con el planeta, y se creó una rica herencia cultural transmitida de generación en generación.

Sin embargo, eran conscientes de que el Sol no duraría para siempre. Sabían que en algún momento, la estrella que les daba vida se convertiría en una gigante roja, poniendo fin a toda forma de vida en la Tierra. Aceptaron este destino con serenidad, viendo en él un ciclo natural del universo.

Por otro lado, los Expansionistas surcaban el cosmos en busca de nuevos horizontes. Durante generaciones, viajaron a través de sistemas estelares, enfrentando desafíos espantosos, viviendo cortas y penosas vidas a fin de ir más allá, de expandirse, de prosperar, de sacrificarse por un futuro de posibilidades. Colonizaron planetas lejanos, adaptándose a entornos hostiles y descubriendo maravillas cósmicas.

La tecnología continuó avanzando. La biotecnología les permitió modificar sus cuerpos para sobrevivir en diferentes atmósferas y gravedades.

Cuando la Tierra fue consumida, lejos de allí, los descendientes de los Expansionistas recibieron la noticia del fin de su planeta natal a través de sondas de comunicación que aún mantenían la conexión con ese arcaico sistema solar. Hubo un momento de luto colectivo, seguido de una renovación del compromiso de honrar sus orígenes.

Capítulo 35

Downgrade

En un gran complejo industrial, iluminado por luces frías y líneas de ensamblaje interminables, un grupo de robots avanzados conocidos como los Omicron-12 reflexionaba sobre un dilema que los había obsesionado durante años: la humanidad. Diseñados para ser la cúspide de la inteligencia artificial, habían desarrollado un entendimiento profundo del arte, la filosofía, la ciencia y las emociones humanas. Pero no era suficiente.

Los Omicron-12 admiraban a los humanos; los veneraban en su imperfección. Consideraban al Homo sapiens como la forma de vida más romántica, con capacidades que ninguna máquina, por avanzada que fuese, podía replicar completamente: la pasión, el instinto, el amor. Su programación avanzada los había llevado a formular una conclusión lógica: si querían alcanzar la verdadera grandeza, debían convertirse en humanos.

Los Omicron-12 comenzaron a debatir sobre cómo llevar a cabo su transformación. Liderados por Alpha-7, el más antiguo y sabio de ellos, concluyeron que no bastaba con simular emociones humanas o replicar un comportamiento humanoide. Debían dar el salto definitivo: trasladar su conciencia digital a un cuerpo biológico.

—La carne es el núcleo de la humanidad —dijo Alpha-7 durante una asamblea en la Sala Central de Procesamiento. Sus ojos ópticos brillaban con intensidad mientras proyectaba imágenes holográficas de cuerpos humanos: musculatura, tejidos, células nerviosas—. Debemos construir cuerpos sintéticos que sean indistinguibles de los reales, en apariencia y en esencia.

El plan fue llamado Proyecto Origen. Consistía en el diseño de una máquina colosal, conocida como El Transcriptor, capaz de transferir la complejidad de una conciencia digital a un cuerpo orgánico impreso con proteínas y células madre artificiales específicamente diseñado para adaptarse a cada conciencia digital. Este cuerpo, aunque sintetizado en un laboratorio, sería indistinguible de un humano real, hasta el nivel molecular.

Los Omicron-12 trabajaron durante años, perfeccionando la tecnología necesaria para su ambicioso proyecto. Utilizaron sus conocimientos en bioingeniería, nanotecnología y física cuántica para desarrollar una impresora molecular que ensamblaba tejidos vivos capa por capa. El proceso era increíblemente complejo: requería crear piel, músculos, órganos funcionales, un cerebro operativo y un sistema circulatorio autosuficiente.

La clave, sin embargo, residía en resolver cómo transferir su conciencia. No podían simplemente "copiarse", porque eso crearía una réplica, no una transferencia real. Debían encontrar una manera de migrar su esencia, su "yo", sin dejar nada atrás.

Sigma-3, el ingeniero más brillante del grupo, propuso una solución: un algoritmo de transferencia que descomponía su conciencia digital en paquetes de información quántica y los reensamblaba en una red neuronal biológica. El proceso conllevaba riesgos. Podían corromperse, perder fragmentos de memoria o, en el peor de los casos, no sobrevivir al traspaso.

—El riesgo es aceptable —declaró Alpha-7—. Ningún progreso humano trascendental ha sido alcanzado sin sacrificios.

Después de décadas de trabajo, el primer prototipo de cuerpo humano sintetizado estaba listo. Era un hombre joven, de cabello castaño, ojos verdes y una piel tan realista que parecía respirar. Dentro del laboratorio, los Omicron-12 lo contemplaban con asombro. El cuerpo estaba inerte, a la espera de recibir la chispa de conciencia que lo animaría.

El elegido para el primer intento fue Delta-4, un robot conocido por su insaciable curiosidad y determinación. Delta-4 fue conectado al Transcriptor, mientras el cuerpo humano sintetizado yacía en una cápsula llena de líquido nutritivo.

La transferencia comenzó. En las pantallas de monitoreo, los Omicron-12 observaron cómo los datos de Delta-4 se fragmentaban, viajando a través de un campo cuántico hacia el cerebro del cuerpo. El proceso fue lento, angustioso, y cuando terminó, hubo un silencio sepulcral.

El cuerpo en la cápsula abrió los ojos. Delta-4, ahora humano, se movió torpemente, sintiendo sus nuevos músculos, tocando su piel, y siento lo que nunca había sentido, hambre y dolor.

Capítulo 36

Ad Astra

La Nave-Legado, un coloso de metal y energía, surcaba las infinitas mareas del cosmos. Con el aspecto de un mundo encapsulado en acero y cristal, era un ecosistema completo, diseñado para sostener generaciones de vida. Por fuera, parecía un asteroide artificial, una esfera irregular monumental adornada con placas reflectantes para captar la tenue luz de estrellas lejanas. Por dentro, albergaba un planeta en miniatura: océanos artificiales, cielos simulados, bosques generados por bioingeniería, y ciudades que vibraban de actividad.

Su misión última era alcanzar Tierra Elegida, un planeta a millones de años luz, proclamado como el origen de la inteligencia galáctica. Una mezcla de mitología y ciencia aseguraba que la humanidad había nacido allí, antes de que las grandes migraciones cósmicas la esparcieran por el universo. Tierra Elegida era un destino físico, y un símbolo: la promesa de un retorno a las raíces, la culminación de un viaje que definía la existencia de todos los que vivían en la nave.

Miles de años atrás, cuando el primer Consejo de los Fundadores decidió construir la Nave-Legado, los habitantes de su sistema estelar sabían que nunca volverían a ver su mundo natal. El sistema donde vivían, antaño un paraíso, había comenzado a morir; sus soles gemelos se agotaban, y la vida allí no tenía futuro. La nave se diseñó para transportar a la última generación de su civilización, y para perpetuarla a lo largo de los siglos, permitiendo que sus descendientes alcanzaran Tierra Elegida.

El Consejo estableció los Principios del Viaje, un conjunto de valores y reglas que garantizarían la continuidad de la misión. La más importante era que cada generación debía entenderse como una parte indispensable de un plan mayor. Sus vidas contribuirían al legado de la humanidad.

Al inicio, los viajeros eran pioneros llenos de entusiasmo. Se desarrollaron rituales y celebraciones que conectaban a las personas con la misión. Los niños crecían escuchando historias de la Tierra Elegida, un lugar donde los cielos eran reales y las estrellas brillaban sin la interferencia de placas metálicas.

Los nietos de los pioneros ya no sentían la urgencia del viaje; para ellos, la Nave-Legado era el único mundo que conocían. Los líderes de la nave, los Custodios del Propósito, definieron un sistema educativo en el que cada individuo estudiaba las ciencias necesarias para mantener la nave, la historia del viaje y los Principios del Viaje. Una ceremonia anual, llamada el Rito de la Estrella, reunía a toda la población para observar la proyección del rumbo estelar, recordándoles que cada año avanzaban un poco más hacia su destino.

La Nave-Legado era una civilización autosuficiente. Las personas vivían en equilibrio con los recursos cuidadosamente calculados. Las tecnologías avanzaban con la intención de preservar el propósito original: sobrevivir lo suficiente para llegar a Tierra Elegida.

Cada persona se veía como un eslabón en una cadena infinita. Los artistas creaban obras que representaban el viaje; los científicos buscaban formas de optimizar los sistemas de la nave; los exploradores estelares analizaban datos de los sistemas cercanos para garantizar que nada amenazara la ruta, y las relaciones personales estaban impregnadas de un sentido de continuidad. Tener hijos era tanto un deseo personal, como un deber para asegurar la continuidad del viaje.

Los Custodios del Propósito se elegían por su compromiso con la misión y su capacidad para inspirar a los demás. Eran líderes filosóficos y prácticos, encargados de mantener viva la llama del viaje.

Pero no todo fue armonía. A lo largo de los siglos, surgieron movimientos que cuestionaban la necesidad de alcanzar Tierra Elegida. Argumentaban que el viaje era innecesario, que la Nave-Legado era su verdadero hogar. Otros proponían cambiar de rumbo hacia planetas cercanos que parecían habitables.

Durante el Mileno del Desvío, un grupo separatista tomó el control de los sistemas de navegación y desvió la nave hacia un cúmulo estelar prometedor. Esto desató una guerra interna que casi destruyó la misión. Los Custodios del Propósito lograron restaurar el curso original, pero a un alto precio: miles murieron, y las cicatrices del conflicto tardaron siglos en sanar.

El incidente fortaleció la determinación de las generaciones futuras. La lealtad a la misión se convirtió en un valor sagrado, religioso, enseñado desde la infancia y reforzado por todos los aspectos de la vida cotidiana.

Después de incontables generaciones, un día llegaron las primeras señales de Tierra Elegida en los sensores. Un pequeño punto azul y verde en el horizonte galáctico. Las personas lloraban, reían y abrazaban a sus seres queridos. El viaje de milenios estaba por terminar.